メディアワークス文庫

破滅の刑死者４

特務捜査CIRO-S 真昼の夢

吹井 賢

JN073562

公安警察『白の部隊』
椥辻未練 Miren Nagitsuji
珠子とトウヤの上司。CIRO-S外部監察官を務めながら、対能力者機関『白の部隊』の一部隊を率いるチヨダの警視《エリート》。情報戦に長け、水を操る有数の能力者。
同僚
白雪 Shirayuki
公安警察の秘密部隊で対能力者取締機関「白の部隊」の零隊隊長。"白の死神"と呼ばれ、斬られた相手は記憶を失う。代償の逆行性健忘により記憶が1日ももたない。
上司
上司
戻橋トウヤ Modoribashi Toya
命を賭けていないと生が実感できない、美形のギャンブル狂。嘘をついた者を操る能力を持つ"破滅の刑死者《ハングドマン》"。珠子を助け、豪華客船の爆発で海に沈んだ。
大好き?
嫌いじゃない
雙ヶ岡珠子 Narabigaoka Tamako
正義を重んじるCIRO-S第四班の捜査官。国家機密「Cファイル」を追う。命知らずなトウヤといるうちに能力《ギフト》に目覚めてしまう。二つ名は「焦がれの十字」。
特務捜査CIRO-S 第四班

秘密結社『フォウォレ』
鳥辺野弦一郎
Toribeno Genitiro
R大学の連続不審死事件を裏で操っていた黒幕。「自らを知覚できなくさせる」脅威の能力で、トウヤ達の目の前で消息を絶った。悪魔的実験を企んでいる。
味方？
ノレム＝ブラック
Norem Black
秘密結社「フォウォレ」の“魔眼の王”ウィリアム＝ブラックの義理の娘。翠眼の美少女だが、容姿と対照的なその正体は「夢見る死神」と怖れられる殺人者。
???
五辻まゆみ
Itsutsuji Mayumi
睡眠時間が長くなる「クライン・レビン症候群」として入院生活を送る、白装束の美少女。トウヤの過去を知る人物で、初恋相手。異能を作り出す稀有な力を持つ。
幼馴染

Contents

illustration カズキヨネ

The Hanged Man falls into ruin.
odoribashi To
arabigaoka Ta
sutsuji Mayu
oribe
orem Black
iren Nagitsuji
hirayuki

プロローグ

夢はもう一つの現実なのかもしれない。

微睡《まどろ》みの中、少女はふと考える。

有り得た現在。自身の中にあったはずの可能性。確かにあったはずの選択肢を掴《つか》んだ先に、辿《たど》り着《つ》いた終着点。それが『夢』なのだと。あるいは、世界が無限に続く輪《りん》廻《ね》だとすれば、その夢が現実となる時もあるのかもしれない。現実だったことも、あるのかもしれない。

夢のある話だと感じるだろうか？

少女は、そうは思わなかった。

仮にこんな戯言《たわごと》が真実だとしても、結局、「夢は叶《かな》うかもしれない」というだけ。どんな夢であっても、現実になるかもしれないし、ならないかもしれない。当たり前のことだ。

夢を叶えた自分が並行世界にいようとも、それは自分であって、自分ではない。今、ここにいる自分が夢を叶えたわけではない。「夢はもう一つの現実」だとしても、それは自分の現実ではないのだ。

夢があるようでいて、ただただ、儚《はかな》さが増すばかり。

「理想」や「希望」を表す言葉と「幻」を意味する単語が同じ『夢』なのは、何の皮肉なのだろう。

この世は一炊の夢。アワすらも炊き上がらないような僅かな時間。その一睡で見た夢幻こそが、この世界なのかもしれない。

だとすれば、何故《なぜ》、生きるのか。

どうして苦しみ、戦い続けるのだろうか。

「……考えるまでもないこと……ですね」

ソファーから身を起こした少女は、自らの記憶を失っていることに気付く。

いつも通りに。

昨日のことは何一つ思い出せないくせに、浅い眠りの中でのどうでもいい思案が心に残っている事実に、何とも言えない不快感を覚えつつ、「このことも、どうせ明日になれば忘れる」と独り言ちる。

否、所詮は夢で見た与太話。数分もすれば脳裏から消え去るだろう。

ここは邯鄲《かんたん》ではなく、彼女は盧生《ろせい》ではなかった。しかし、夢ではない保証は何処《どこ》にもない。

なのに何故、戦うのか。

過去は白く消え、未来は雪のように不確かだ。

それなのに、何故？

「……決まっている」

今の現実が夢で、全てが偽りであろうと、関係はない。

為《な》すべきと思ったことを為すだけだ。その想《おも》いが自らの証明だ。

何もかもを失《な》くしても、それだけは分かっている。

魂が、心が、記憶の残滓《ざんし》が、身体《からだ》中の細胞が知っている。

だから、全てが夢だとしても、夢から覚めるまで生き続けていくのだろう。

「白雪《しらゆき》さん？　入るよ？」

ノックの音が響き、ドアが開く。電灯が点《つ》き、部屋に色彩が溢《あふ》れる。

現れた長身の男。全て忘れているために親近感や仲間意識こそないが、誰かは分かる。エピソードではなく意味で覚えていた。

ペットボトルを手渡してくる男の特徴を一つひとつ、頭の中にある知識と照らし合わせていく。次いで、手帳を開き、栞《しおり》が挟まっているページに目を落とした。気になる記述はない。

感覚を研ぎ澄ます。敵意も感じられない。

どうやら今日も味方らしいと判断し、ミネラルウォーターを一口飲んだ。

「久しぶりの休暇はどうだった？」

「……昨日の私は休暇だったんですか？」

問い返すと男は頷《うなず》き、「正確には、つい一時間ほど前までは」と応じた。

「覚えていません」

「そっか。なら変わりないね。じゃあ今日もよろしく、『白の死神』さん」

その呼び名は覚えていた。

「私は『白の死神』」。心の中で繰り返す。その二つ名こそ少女が少女である証《あかし》。決して忘れてはならない記憶。


そう。

自らの業を忘れ去ることなど、許されないのだから。

悪夢と現実

張りぼての馬と、棒切れと、
嘘偽りだと気付かぬ演者
悲劇こそが喜劇であって、この世こそが夢幻だ

――明け方の暗い闇の中、少女は俯《うつむ》き、歩いていた。

降り続く雨を全く気にもせず。いや、落ちてくる雨粒や濡《ぬ》れる身体に注意を向ける余裕すらないのだろう。顔を伏せたまま、魂の抜け落ちた人間のように、ただ只管《ひたすら》に足を進める。

当てはない。行くべき場所を知らないのだ。

しかし矛盾しているが、知らないが、心の何処かで分かっていた。

「……お姉ちゃん、何処にいるの……？」

絞り出した言葉は朝日の中に消えて行く。

姉の姿は、依然、見えない。どうすれば止められるのかも分からない。

もし会えたとして、何を言いたいのか。

何を言うべきなのか。

分からない。分からない。分からなかった。

けれど、今里《いまざと》まひるは、とにかく彼女に会いたかった。

‡

夜の匂いがした。

上品なルームフレグランスと、それに、煙草《たばこ》の煙と嬢の香水。それらが混じり合った空気をそう呼ばずして、なんと呼べばいいだろう。

間接照明が広い室内を妖しく照らしている。並べられたソファーは、不規則ではあっても乱雑ではない。従業員の動線を確保すると同時に、視覚的な美しさにも拘《こだわ》っているのだろう。仕切り代わりの観葉植物も、鎮座する優美なインテリアも、グラスの一つさえも。見る者が見れば、その値打ちに驚くはずだ。

大阪。難波の一角にあるキャバクラだった。

高級さを踏まえれば、「クラブ」と呼ぶべきか。客をもてなす女の容姿も、通路を歩くボーイの所作も、提供されるアルコールも。その全てのグレードが大衆店とは格が違う。

気に入った娘を持ち帰ることができる、と言えば、どういう類の店か伝わるだろうか。あるいは、「未成年の娘が所属していることを売りの一つにしている」というような情報を知れば、イメージしやすいか。政治家や芸能人が通う一流店だというのに、そんな闇が当たり前にある店だった。いや、一流店だからこそ、だろうか。

そのクラブは今、たった一人に貸し切られていた。

男は政治家だった。人気の若手議員で、テレビにも度々取り上げられている。両手の指の数ほどに女を侍《はべ》らす様は、とても品が良《い》いとは言えないが、声高に責められるほどのことでもない。違法な売春が横行している後ろ暗い面も、「知らなかった」と答弁すれば切り抜けられるだろう。彼自身が買った証拠はないのだから。

そして、そういった諸々《もろもろ》は、男がこれから行うことに比べれば些細《ささい》なことだった。

「お初にお目にかかります、代議士《せんせい》。お時間を頂戴してもよろしいでしょうか？」

約束の時間のちょうど十分前。男の前に一人の女が現れた。

後頭部で纏《まと》めて垂らされた暗めの髪に、同じく暗い色合いのスーツ。煌《きら》びやかさの欠片《かけら》もない服装を見るだけで、店員ではないことは分かる。生真面目そうな女だ。否、「少女」と評しても問題ないかもしれない。あどけなさが残る相貌を眺めつつ、男は誰の遣いだろうかと思案する。

両サイドに座る女達《たち》に、悪いが席を外してくれ、と命ずる。それを話に応じる意思と捉えたらしい少女、雙ヶ岡《ならびがおか》珠子《たまこ》は、こう名乗った。

「CIRO-S《サイロス》の者です。何故私がここに来たのか、分かりますよね？」

「さて。心当たりがないね。内調の人が動いているってことは、何か、総理の周辺で事件があったのかな。それとも、防諜《ぼうちょう》――スパイ絡みかな」

尊大に足を組んでの返答は、事情を知る珠子からすれば、厚顔無恥としか言えないような物言いだ。「何をいけしゃあしゃあと」と喉まで出た言葉を呑み込み、後者です、と答えた。

「これからアメリカの反社会的組織と取引を行う予定だそうですね」

「何のことやら。仮にそれが事実だとしても、内調には捜査権も逮捕権もないはずだけど？」

「仰《おっしゃ》る通りです。ですが、特異能力が絡む事案となれば、表の警察には任せられませんから。議員として得た情報を売り渡す代わりに、海外の犯罪組織から能力者に関するデータを受け取る……。情報漏洩《ろうえい》に、反社会的勢力との関わり。重罪です。表沙汰になれば議員辞職どころか実刑も免れません」

ですが、と続ける。

「情報は外部監察官のところで止まっています。幸いにして、取引はまだ行われていません。『今ならば見逃す』という言伝《ことづて》を預かっています」

「君の上司が誰かは知らないが、何の権限があって、『見逃す』だなんて上から目線の発言をしてるのかな。第一、証拠がないだろうに」

「証拠はあります。ですが、それを出してしまうとあなたは確実に逮捕されます。大事になることは誰も望んでいないので、こうしてお願いをしにきています」

「話にならないな」

おい、こちらのお嬢さんがお帰りだ。そんな風に、男が誰かを呼ぶ。すると、奥よりボディーガードらしき体格の良い男が現れた。

「……本当にあなたに心当たりがなく、後ろめたい部分もないのならば、まず警察を呼ぶべきではないでしょうか？　それをしないということは、何か、知られるとマズいことがあるのでは？」

「お帰り頂け」

議員の隣に立ったスキンヘッドの用心棒は、机にあったおしぼりを手に取る。次いで、それを少女に向かって投げ付けた。

咄嗟《とっさ》に避けた珠子。知らぬ人間が見ればとんだ臆病者だと笑っただろうが、その判断は正しかった。後方に飾られていた陶磁器が砕けたのだ。どんな速度で投擲《とうてき》しようが、濡れた布地が当たった程度でやきものが粉砕することなど有り得ない。

常識では有り得ないことが起こった。

即《すなわ》ち、

「――――超能力……！」

用心棒の男はタオルを一枚取り出すと、真《ま》っ直《す》ぐに伸ばしてみせる。すると、如何《いか》なることか。布がその一直線になった状態で固定された。

短剣のように変化したタオルを武器に襲い掛かってくる男。取り出した勢いで特殊警棒を展開させ、振り下ろされる布の刃を弾く。響くは金属音。たった一撃で理解できた。あのタオルは今、硬質ゴム製の護身具より確実に硬い。

横薙《な》ぎの一撃を警棒で受け止める。続く袈裟《けさ》を斬るような攻撃はバックステップで躱《かわ》す。二度、三度。剣戟《けんげき》の音がクラブに響く。

「特異能力ってのは面白いなあ。触れた物体が鉄になるなんて。どういう仕組みで起きてるんだか。……ああ、仕組みが分からないから『超能力』なんだったか」

議員が笑う。

派手さはないが、有用な能力だった。触れた物は全て鈍器として扱える。身体検査には引っ掛からない。念力で物を浮かせたりするよりも、余程便利だ。

一瞬の隙を突いて懐から銃を抜く。しかし、ボディーガードの動きも迅速だった。手にしていたタオルを即座に放すと、自身の両腕に触れた。それだけで彼の前腕は鉄に変わる。「触れた物体を鉄へと変える力」——今その異能を、自身の肉体に適応したのだ。

拳銃程度の弾ならば弾《はじ》き返《かえ》せる。顔面を殴打すれば頭蓋が砕ける。その程度の不意打ちなど飽きるほど見た。そう言わんばかりに鉄と化した腕で急所を守った。

しかし、その選択が間違いだと、すぐに気付くことになった。

少女が持っていたのは、ただの銃ではなかった。独特のフォルムに円形の銃口が存在しない先端部。発射されるのは弾丸ではなく、二本の針。電極だ。対象に命中すればワイヤーを通じ、銃本体から電流が流し込まれる。

「しまった、これは」。遅きに失した。それがワイヤー式スタンガン——通称「テイザー銃」であると理解した時には、男は感電し、動けなくなっていた。

「……普通の人よりもずっと効いたでしょうね。皮膚は絶縁体ですが、鉄は電気を通しますから」

呟《つぶや》き、電撃銃のカートリッジを交換する。

次いで議員の男へと、視線と共に銃を向けた。

「良かったですね。私達《わたしたち》が警察だったなら、公務執行妨害で罪状が一つ増えていましたよ。さて、ご同行いただけますか？」

「勝ったつもりか？　携帯で増援を呼んだ。周囲に控えさせていた護衛をだ。加えて、五分もしない内に取引先の組織もやってくる。そこに倒れている男より、強力な能力者がな。お前の失敗は一人でやって来たことだよ、お嬢さん？」

「……はあ、まったく……」

珠子は溜息《ためいき》を吐く。そうせずにはいられなかったのだ。

扉が開き、何者かが店に入ってくる。しかし、やって来たのは用心棒でも、犯罪組織の構成員でもなかった。

その人物はショートカットを奇抜な色合いに染めていた。ピンクをベースに、青色や銀色を交ぜた頭髪は、海外のお菓子のようだ。右耳にある三つのピアスに、装飾の多い、パンクロッカーのような出《い》で立《た》ち。豊満な胸部は男受けが良さそうだが、彼女をナンパする度胸のある人間はそうはいないだろう。

重りが付いた鎖を弄びつつ、少女は「タマコ、終わった？」と問い掛けてくる。

「見ての通りです。束《つか》さん、そちらは？」

「らくしょー。あの程度の人間だと相手になんないわ」

束、と呼ばれた鎖の女は、困惑する議員の隣に遠慮なく腰掛ける。アイスペールから手頃なサイズのかち割り氷を口へと放り込み、続けてウイスキーを飲んだ。まるで我が家で寛《くつろ》ぐかのように。

「なんだ、お前は……！　なんなんだ、お前等は……!?」

当然の疑問には、珠子が代わりに答えた。

「……常識で考えてください。一人で来るわけがないでしょう？　証拠を押さえた時点で取引に関するあらゆることを調べました。現場の立地から、護衛として雇われた人間の数や実力までです。一人で来たわけではなく、室内は私一人で十分だと判断しただけです」

取引先の組織にも既に断りを入れていますのでご安心ください、と続ける。

「そして、私達が何者かについてですが、どうやらお忘れのようなので、再度お伝え致します。私達はＣＩＲＯ-Ｓ——正式名称、内閣情報調査室特務捜査部門の外部監察官付き第四班です。それでは代議士《せんせい》、改めてお伺いします。ご同行、頂けますよね？」

意味のない問いだった。

拒否すれば強制的に連行するだけであり、それに抗《あらが》う力は、彼にはもうなかった。

‡

関西、特に大阪中心街の話題と言えば、景気か地元プロ野球チームについてが筆頭だが、十一月ともなるとそれも変わってくる。野球のシーズンが終わるからだ。ペナントで日本シリーズに出られるような好成績を残した場合は別だが、惨憺《さんたん》たる年の方が圧倒的に多いので、この時期になると毎年、来年のチーム編成や選手の飛躍の話ばかりになっていく。

天満橋《てんまばし》駅を出て南下し、合同庁舎に辿り着くまでの僅かな時間でも、来年のプロ野球について語っている人間を見掛けることができる。少なくとも、コンビニに置いてあるスポーツ紙の一面は常に地元チームについてだ。

珠子の勤務先とも言える大阪第二法務合同庁舎は、大阪法務局や近畿管区警察局、近畿公安警察局等、雑多な部局が入居した十一階建ての巨大ビルである。

登記事務を行っている一階や二階は一般の来客も多い。四階まで行くと、法務局の総務課や会議室がある事務フロアになるため、関係者以外はまずいない。近畿管区警察局や近畿公安調査局がある六階は頼まれたとしても行きたくない人間の方が多数派だろう。後ろめたいことがなくとも、警察関係機関は訪れづらいものだ。

そして、七階。内閣情報調査室関西出張所に用がある人間を、珠子は見たことがなかった。

勝手知ったるという風に出入りしている珠子自身、つい数ヶ月前までは完全な部外者だったのだから、人間の適応能力というのは凄《すさ》まじいものだ。

エレベーターを降りて、警備の人間に目礼し、奥へ。近畿管区警察局の縄張りの先がＣＩＲＯ-Ｓが占有するエリアだ。と言っても、あるのは執務室とその隣にある休憩室、後は書庫と訓練室くらいのものだ。いや、平素からほとんど職員がいないことを踏まえると、贅沢《ぜいたく》過ぎる設備だが。

ペットボトルのミネラルウォーターを飲むと、ノーネクタイの男、梛辻《なぎつじ》未練《みれん》は「昨日はご苦労だったね」と告げた。

「行けなくて悪かったよ。別用があって」

「いえ。東さんもいましたし、後処理も三班の方々がやって下さったので」

こういった流れも、もう慣れたものだ。

あの客船、シェオル・ロイヤルブルー号の一件以降、『Ｃファイル』絡みの事件はぱたりとなくなった。忌まわしき最高機密は夜の海に消えた。脅威は去ったのだ。アバドングループとの小競り合いは続いているらしいが、復帰後の珠子は専ら、単発の任務のみをこなすようになっていた。

「三班の連中は外部監察官付《きみた》き第四班《ち》と違って僕の部下じゃないから、本当は僕の命令なんて聞く必要ないんだけど、ほら、そこは場合が場合だから」

いつだったか、特務捜査部門には班の役割を説明されたことを思い出す。

一班は内閣の直接の指示で動き、内閣官房幹部の護衛が主。二班は防諜を任務とし、三班は隠密《おんみつ》工作が主な仕事だという。

珠子が所属する第四班は「その他」を担当している。しかし、それは構成図上の話であって、実際には仕事が割り振られることのない予備人員であり、外部監察官が自由に使える手駒であるらしい。

「私達が動いたということは、内閣から指示された仕事ではなかったんですよね？」

「うん、違う。というより、一つ覚えておいて欲しいけれど、ＣＩＲＯ-Ｓは内閣官房の組織だけど、総理大臣を始めとする政治家サン達から命令されることはほとんどない。身辺警護にしたって、普段は警視庁警備部警護課がやるからね」

「では、誰が命令を？」

「誰にも命令されてないよ。ＣＩＲＯ‐Ｓが勝手にやってる」

「……は？」

「今回は僕が勝手にやったわけだけどね」

困惑する珠子に対し、未練はノンフレームの眼鏡を掛け直しつつ、語る。

前提として、特異能力者が知られていない以上、その対処を専門とするＣＩＲＯ‐Ｓを知る政治家は少ない。常に箝口令《かんこうれい》が敷かれているのだ。国務大臣の中ですら、実態を把握しているのは数名である。

さもありなん。閣僚がどれほどの地位であろうが、どんな権力を持っていようが、未練のような官僚からすれば、来月には失言や失態で失脚しているかもしれないような連中だ。それならばまだマシな方だ。解散総選挙が起これば、下野も有り得るのだから。

故にＣＩＲＯ‐Ｓは内閣総理大臣が誰であろうが、内閣官房長官が誰になろうが、特に変わりなく運営されていく。他の省庁がそうであるのと同じように。

「だからＣＩＲＯ‐Ｓがやることっていうのは、能力者から内閣幹部を勝手に守ることであり、事件が起きた際には勝手に事態を収拾すること。で、全部終わった後に、お偉いさんに報告する。事後承諾を求めることも兼ねてね」

悪い言い方をすれば「恩の押し売り」だ、と笑ってみせる。

「僕達《ぼくたち》は恩を売り続けることで自分達《じぶんたち》の身分を守り、同時にお偉いさんの身も守ってるんだよ」

「あの、それは一般に、『現場の人間が暴走している』と言うのでは……？」

「そうだよ。だから言ったでしょ、『勝手にやってる』って。それでいいんだよ」

平然と告げられた言葉に、雙ヶ岡珠子はそのカラクリの真意を理解する。

「勝手にやっている」。その利点は、現場の判断で迅速に動けることではなく、「『勝手にやっていること』そのもの」だった。

何か重大な事故や過失が発生したとして、通常ならば内閣の責任問題になるが、「勝手にやっている」のならば、珠子の言う通りに「現場の暴走」になる。現場の人間、例えば椥辻未練が責任を取れば良い。任命責任や管理責任は問われるだろうが、それでも、「命令してやらせた」と「勝手にやっていた」とでは、天と地ほどの差がある。

そも、内閣情報調査室特務捜査部門は表向きは存在しない。非合法な組織だ。命令を待つ必要はなく、命令の事実こそ忌むべきことだ。

「今回は、何処その与党議員が特異能力のことを知っちゃって、悪用しようとしてたから、勝手に防いであげただけ。内閣も余計なスキャンダルは望んでないし、三班の人間も、それに僕も、余計な事件は起こして欲しくない。利害が一致した」

内閣の政治家達は感謝してくれてもいいし、してくれなくてもいい。

例の如《ごと》く、そう付け加える。

「あの代議士は……どうなるんですか？」

「いつも通りだよ。『白の死神』が特異能力《ギフト》に関する記憶を忘れさせる。後は、表の世界のルールで裁かれる。取引は未遂に終わったけど、反社会的組織と繋《つな》がりを持ったのは間違いないし、色々と、やんちゃもしてたみたいだから。売買春を斡旋《あっせん》してる店に通ってた時点で普通は議員なんて続けられないよ」

珠子は考える。

栁辻未練の命令、もとい、〝お願い〟では、「忠告に大人しく従ってくれるのならばそれで良い」ということになっていた。あの男が抵抗しなければ、未練はそれ以上、追及しないつもりだったのではないか？　未遂ということで罪を見逃し、恩を売っておく算段だったのだろう。

その気になれば、取引相手の違法組織も、一斉検挙することができたのかもしれない。だが、あえてそれをしなかった。相手組織や、それを追っている海外の諜報《ちょうほう》機関のメンツを潰すことを嫌がった。顔を立てておいたのだ。

……やはり、この人は悪人ではないけれど——善人でもない……。

私利私欲で行動することはない。けれども、より多くの者達の利益、そう『正義』とでも呼ぶべき理念の為《ため》ならば、平然と非道な手段を選ぶ。バランサー。調整者。そんな単語が浮かぶ。

——「僕達が悲しんだところで、失われた命が戻ってくるわけじゃない。誰かが死んだ、というその事象を、今生きている人を守る為に使うのは、悪いことかな？」

いつだったか、未練はそう言った。

そしてその在り方を「下劣」と評されても、またいつものように、こう言ってみせたのだ。「そう思ってくれてもいいし、思わなくてもいい」と。

果たして、それは何時、聞いた言葉だっただろうか。

「ところでどう？　束は？」

記憶を遡る作業は、未練の問い掛けで中断させられることとなった。

「助かっています。はじめは少し、合わないかな、という部分もありましたが……」

「それはそうだろうね。あの見た目の奴《やつ》と君の性格が合ったら驚くよ。まあ、いいんじゃないかな。雙ヶ岡君みたいな真面目な人の相棒は、あんなのの方が。バランスが取れる」

「そんなもの、でしょうか？」

「うん。それに、いいものでしょ、コンビやチームって。ずっと一人で大変だっただろうからね」

「え……？」

「ひょっとして一人の方が気楽だった？　嫌なら今からでも一人チームに戻すけど」

「あ、いいえ。仰る通りだと思います」

何か違和感を感じたが、それが何に由来するものなのか、珠子には分からなかった。

そんな心情を知ってか知らずか、未練は話題を変える。

「次の仕事なんだけど、少し、待機してもらっていいかな？」

「待機、ですか」

「うん。ちょっと調べて貰《もら》おうかな、という事件があるんだけど、それがそもそも『事件』なのか、それともただの偶然なのか、判断しかねてるんだよ。だから数日待ってて欲しい。連絡があるまでは休暇として自由に過ごしてくれてもいいし、資料を見て勉強したり、訓練してくれてもいい」

「了解しました、栁辻監察官」

はきはきとした返答に、「堅いなあ」と笑みを溢《こぼ》す未練。

下がっていいよ、と命じられ、一礼し、部屋を後にしようとしたその時。執務室の扉が開いた。寝起きなのか、体調が悪いのか、顔色が悪いせいで別人のようだが、その化学調味料を満載したアイスのような頭は見間違えようもない。

束だった。

「おはよーございまーす……」

「……束さん。もう十一時です」

「うるさいなー。アタシは今起きたんだよ」

「それに集合時刻も大幅に過ぎてます」

「だから今起きた、って言ってるじゃん……。うるさいなー、もう」

「うるさいとはなんですか！」

珠子の言葉など意に介さず、束は執務机の前を通り過ぎ、脇にある小型冷蔵庫を開ける。そうして、中で冷やしていた金属製タンブラーに氷を入れ、ミネラルウォーターを注いだ。

自由過ぎる振る舞いだった。

「……束さん。その冷蔵庫は監察官専用ですよね？　そのミネラルウォーターにしたって、監察官が購入したものでしょう？」

「ミレン、借りるわ」

「許可を取ればいいってものじゃありません！」

やり取りを見て、可笑《おか》しそうに笑っていた当の未練は、「そんなに責めなくていい」と珠子を制する。束を庇《かば》ったのではなく、本当に気にしていないのだ。時間に遅れようが、冷蔵庫を無断で使われようが、買《か》い溜《だ》めしてある飲料水を飲まれようが、恐らくどちらでもいいことなのだろう。

珠子に対して「下がっていいよ」と再度告げ、束には「君は今から報告」と命令する未練。如何にも面倒そうな表情を見せた同僚に対し、説教をしたい気持ちもあったが、大人しく部屋を出ることにする。

「タマコって、朝から怒って疲れないのかな？」

耳朶《じだ》に届いた言葉は、聞こえないフリをしておいた。

‡

ソファーに遠慮なく腰掛けた鎖の少女に未練は問い掛ける。

「それで、どうかな？　雙ヶ岡君は」

つい数分前にも珠子に同じ質問をしたが、その内容、意味するところは、全く異なっていた。

束は答えることなく、シルバーの保冷グラスに入った水を一気に飲み干す。入っていた氷を咀嚼《そしゃく》しつつ、暫《しば》し思案に耽《ふけ》る。やがて、「……よく怒られる」と不満そうに呟いた。

それは君に常識がないからだ、と笑いつつ応じる。

「さっきのやり取りを見るに、上手《うま》くやっているのかな？」

「どうだろ。連携は取れるようになってきた。作戦や行動も、潔癖過ぎる部分はあるけれど、概《おおむ》ね妥当だと思う」

でも、と続けた。

「ハッキリ言って、弱過ぎる。あの身体能力と近接格闘の技術で、能力もないんじゃ話にならない。その上に殺気もないから余計に弱い」

技術とは一朝一夕で身に付くものではない。アスリートは身体作りに何年もの時間を掛け、武道家は一生涯、技を磨き続ける。そのことを思えば、雙ヶ岡珠子は、余りにも弱い。戦う人間としての濃度が薄いのだ。

彼自身も体感してきたことでもあった。異能を得るまで、椥辻未練はただの学生に過ぎなかった。幾度となく死線を超え、その中で能力を活《い》かす方法と活かせる戦術を学び、考えることで生き残ってきた。

未練は言う。

「僕からすれば、君も未熟に見えるんだけどな」

「アタシは技とギフトがちゃんと嚙《か》み合《あ》ってるからいいの。鎖分銅の技だけで戦うわけじゃないし。アタシ達《たち》みたいなのはさ、異能をどう上手く使うか、でしょ」

「雙ヶ岡君にも特異能力があればまた違う……かな？」

問いの答えは「しらなーい」という、いい加減なものだった。

当然か。能力は人の心が現実を侵食する力だ。内容にせよ、代償にせよ、当人の在り方に影響される。例えば椥辻未練の戦術は彼の能力を前提に最適化されたものであり、その戦い方を珠子がそのまま取り入れることはできない。

「能力のことも含め、何かキッカケがあれば変わるかもしれないけど、それまでに死んじゃうかもしれないね」

「……実際はキッカケもあったし、変わった後なんだけどな」

「なんか言った？」

不思議そうに小首を傾《かし》げる束には、「なんでもないよ」と返しておく。

虚実が混じった言動こそ未練の十八番《おはこ》だ。

そう、今は嘘が許される。

‡

未練が珠子達の前に姿を現したのは、その二日後だった。

七階の訓練室である。掌底の練習をしている珠子。壁際に座り、その様を眺めている束。対照的だ。片方は、お疲れ様です、と深々と頭を下げ、他方は片手を挙げることで挨拶の代わりとする。これも対照的だった。

「二人チームなんだし、組手でもすればいいのに」

提案に束は首を振る。

「ヤだよ。疲れるし、殴られたら痛いじゃん」

「へえ。素手だと負けると思ってるのか」

「そういうわけじゃないけど、痛いのは嫌じゃん」

尤《もっと》もだ、と笑う未練。

「何か学ばせたいのなら、ミレンから教えればいいんだよ」

「僕と雙ヶ岡君だと体重差があり過ぎるから、あまり練習にならないんだよね」

そうして壁に掛けてある時計に目を遣《や》る。針は五時を指し示していた。

「この後は空いてるかな。少し早いが、晩御飯にしよう」

未練の提案に反対する者は誰もいなかった。

‡

集合時刻は一時間後、場所は合同庁舎近くの居酒屋だった。

珠子がシャワーを浴び、着替える時間を取った形だ。付け加えて、今回の任務はそこまで急ぎのものではない、という事情もあった。のんびり夕飯を食べながら話す程度のことなんだと未練は語った。

「たまには部下に食事を奢《おご》るくらいはしたいけれど、僕も、そんなに多く貰ってるわけじゃないからね。お金の為に仕事をしてるわけじゃないから、給料が多くても少なくても、どちらでもいいんだけど」

最奥の個室席に腰掛けていた未練は、今日の食事代を出す旨を伝え、いつもの調子でそう言ってみせる。

「タマコはどうか知らないけど、アタシは遠慮しないからね」

「うん。好きなだけ頼んでいいよ。雙ヶ岡君もね」

「ありがとうございます。でも、私は病気が……」

「タマコ、なんか病気持ちなの？」

早速タッチパネルを操作し、唐揚げやアルコールを頼み始める束。「話してなかったでしょうか？」と訊《たず》ねると、聞いたかもしれないけど覚えてない、という、これまたいい加減な返答が返ってくる。

甲状腺機能亢進《こうしん》症という疾患がある。これは文字通り、甲状腺に関する機能が異常なまでに亢進してしまう病気だ。代表的な症状は多食。エネルギー消費が過剰になった結果、日に何食も食べなければ体重が減り続ける、という状態に陥る。

「なので、人より多く食べる必要があるので、奢って頂くのは……」

「気にしなくていいよ。分かっているからこそ、一品が安い店を選んだんだから。遠慮なく食べて欲しい。これからお願い事をするわけだしね」

「すみません、ありがとうございます」

「ふーん……。大変なんだね」

さして同情した風でもなく、というよりも、大して興味がなさそうに束が感想を述べる。

それが合図となったか。椥辻未練は話し始めた。

今回のCIRO-S第四班の任務内容について。

「先に断っておくけれど、完全な取り越し苦労で、無駄足に終わったら、ごめん」

「偶然か事件か分からない……。そう仰っていましたよね」

「うん。そして、まだどちらかは分かっていない。でも偶然と考えるには不自然な部分があるから、調査して欲しいんだよね。無論、」

「『受けてくれてもいいし、断ってくれてもいい』――でしょ？　その前置きは聞き飽きた。早く本題に入ってよ」

悪かった、ともう一度謝り、未練は口を開く。

椥辻未練がその話を聞いたのは、一ヶ月と少し前。公安警察の対能力者組織『白の部隊』として活動している最中のことだった。

「マークしていた能力者が街中で倒れてるところを発見された」。そう同僚から聞かされたのだ。何処かの勢力が動き始めたのだろうか？　そう訊ねようとする未練の機先を制するように、同僚の男は言った。

『心配そうな顔をするなよ、未練。俺も何事かと思ったが、命に別状はない。ただ、』

『ただ？』

『発見されるまでの記憶——前の晩から、目を覚ました朝まで何をしていたかが、すっぽり抜け落ちてるらしい』

それだけならば、有り触れた夜の街の日常だ。仕事で嫌なことがあった、失恋した、あるいはその場のノリで流されて呑《の》み過ぎてしまい、酔い潰れてしまった。そんな風に記憶を失くす人間など、ここ、大阪中央区だけでも毎晩のようにいることだろう。

同僚も世間話として、最近の出来事に触れたに過ぎなかった。単なる笑い話だと。

「ここで一旦、整理しておきたい。特異能力と、特異能力者の処遇について」

特異能力。

『ギフト』などと通称されることもあるそれは、一般的に言うところの「超能力」である。人の持つ想いや願いが形を為したものであり、強烈な心によって現実を変革する、人の身を超えた、けれども人故の力。それが特異能力だ。

一説には、量子力学における意思説で説明できるとされるこの特異能力だが、能力者の数は、極めて少ない。どれほど多く見積もった仮説でも数万人に一人、『白の部隊』やCIRO-Sでは「数百万人に一人」と教えられる。

「日本の人口を一億だとして、百万人に一人が能力者になると考えても、全国で百人程度しかいないことになる。だから、『異能を持っている』という、それだけで貴重な人材というのは理解できるだろう？」

「はい」

引き取って束が続けた。

「だから公安やＣＩＲＯ-Ｓの連中は、能力者の情報を得ると、すぐに身辺を洗う。そうして、何か罪を犯していれば『見逃してやる代わりに組織に入れ』と命令する。何もなくとも、どうにかして組織に入れようとする」

「勧誘、と言って欲しいな」

「アタシも随分前にミレンに脅されて入らされたけど、アレは、アンタの言葉では勧誘になるの？」

「アレは交渉だよ」

「……良い風に言うね」

呆《あき》れた風に呟く少女を後目《しりめ》に、未練は言う。

「概ね束が言った通り。公安やＣＩＲＯ-Ｓみたいな対能力者機関は、能力者の可能性がある人間や、能力があっても何も起こしていない人間を、監視していたりする。

勧誘の為にね」

「先の話に出てきた記憶を失くされた方も、そういった事情で見張られていた。そういうわけですか？」

「そうなるね」

その方針の是非については、ここでは問題にならなかったし、しなかった。

尤も、珠子が異を唱えたところで、未練は「賛成してくれてもいいし、反対してくれてもいい」と返すだけなのだろうけれど。それは価値判断を相手に委ねる応答であると同時に、自身の決意を示すものでもある。

即ちは、「君がどう言おうが僕は行動を変えない」と同義なのだ。

……やはりこの人は、悪人ではないけれど、善人でもない。

珠子がどう感じようと、何を思おうと、自らの『正義』に従うだけ。今回の件にしても、珠子等が任務を拒否すれば、別の人間に〝お願い〟するだけなのだろう。

「倒れてた監視対象は前日に飲酒はしておらず、かと言って、意識消失や記憶混濁の症状が出る持病等もなかった。けれど、これだけでは『事件』とは呼べない」

しかし、同僚も何かを感じ取ったからこそ話したのだろう。世間話をすると同時に、暗に、「お前は何か知っているか？」と問い掛けていたのだ。

その直感は正しかった。

「僕も心当たりはなかったから、その時は雑談として終わった。でも、不自然な部分があるのも事実だ。だから、方々の知り合いに、似たようなことがなかったかを聞いて回った」

結果。

この一ヶ月間で、同じような出来事が、五件発生していた。

事件かどうかは分からない。けれども、偶然、という一言では片付けづらい。

「全てに共通する点として、『深夜から早朝までの記憶を失っている』という特徴が挙げられる。最初の一人以外の四人も全員、深酒をした覚えはなく、何かの病気の発作、とも考えにくい」

「自覚がないだけで病気なんじゃないの？　精密検査すれば異常が見つかるかもよ」

料理が運ばれてきたこともあり、未練は「そうだね」と返すに留《とど》める。

軟骨の唐揚げのような酒のつまみから、鉄板焼き系の一品料理にシーザーサラダに野菜スティック、果ては炒飯《チャーハン》のようなご飯モノまで。大量の料理を机の上にどうにか整列させ、未練は言った。

「その五件の出来事が特定の範囲で起きてるとしても？」

「特定の範囲、でしたら、東京二十三区内、などでしょうか?」

いや、と首を振り、取り皿を手渡しつつ、続けた。

「大阪府大阪市淀川区《よどがわく》——五件全て、すぐそこの淀川区内で起きている。四件目は梅田駅周辺だったから、正確には四件が淀川区で、一件が北区だね」

内閣情報調査室特務捜査部門関西出張所が入居する大阪第二法務合同庁舎が在るのが、大阪市中央区。淀川区までは電車ですぐ。まさに目の鼻の先だ。北区は隣のため、歩いて行ける範囲で事件が起きていることになる。

そして次に語られた内容は、更に衝撃的なものだった。

「……五件目の事件が起こったのは一昨日の夜だ。場所は淀川区。でも、重要なのはそこじゃない。五件目の人間も能力者だ。いや、能力者だった」

そう。

何よりも重要なのは。

「五件目の人間は、昨晩の記憶を失っていると共に——自身の異能までもを失くしていたんだ」

原因不明の昏睡《こんすい》及び、記憶喪失。

全てが私鉄二、三駅の距離で起こっていることも気になるが、「能力者がその異能を失った」となれば、ただの偶然、では済ませられない。意図的な行為か、そもそも犯人がいるかどうかは抜きにしても、『事件』ではある。

「これも言うまでもないことだろうけど、特異能力を失う、というのは、絶対にない、ってことでもない。むしろ、結構ある」

理由は単純である。

「能力はその人物の持つ想いや願いが現実に現れたモノ」だからだ。

例えば、ここに強欲な男がいたとする。男は「金持ちになりたい」と心底に思っていた。その結果として、彼はギフトに目覚めた。内容は「純金を吸い寄せる」かもしれないし、「贋札《にせさつ》を造り出す」かもしれない。金持ちになりたい、という願望が反映された異能にはなるだろうが、どんな能力になるかは覚醒してみなければ分からない。

男は手に入れた力を使い、荒稼ぎをした。幸いにして公安にもCIRO-Sにも見つかることなく、膨大な量の富を築き上げることができた。

さて、男の能力はどうなるか？

消失するのか、だ。

満たされた瞬間。「もう金なんて要らないな」と思うと同時に、特異能力は使えなくなる。当然の帰結だ。そも、男の異能は「金持ちになりたい」という欲が根底にあるもの。願いが果たされれば能力は消え去るのが道理。

異能とは心の力だ、という端的な説明はギフトを美化しているわけではない。

文字通りに「心の力」でしかなく、心の在り様が変われば、能力は消える。

「尤も、お金持ちなんて人種は何億持っててもお金が欲しいと思う生き物だし、だからこそ創意工夫を怠らないから、お金持ちで在り続けられるんだけどね」

言って、頼んだ飲料水で唇を湿らせる。

「今、僕は喉が渇いたから水を飲んだけど、『喉を潤したい』という願いから生まれた能力が水を飲めば消えるのか、というと、そんな単純な話でもない。だって喉なんてすぐに渇くし……。何より、そんな誰でも思う程度の感情が能力になるってことは、水とか渇きとかに並々ならぬ思い入れがあるってことだ」

「砂漠を歩いてて脱水で死に掛けた……とか？」

「そんな感じ」

今一時は喉が潤ったとしても、心の奥底にある「脱水への恐れ」が払拭されなければ、力が消えることはない。

先に出したような、金持ちになりたい男の例もそうだ。他人から見て、どれほどの富があろうが関係がない。金が欲しい、という願いが一欠片でもある限り、心は満たされない。能力は、消えない。

故に、異能とは『願いの力』であると共に、『己の呪い』でもある。

命を燃やし尽くしてでも願いの先を見ようとする——それこそが、『超能力』の本質。

「つまり、能力者が力を失う事例は、それなりにあるんだ。『仲間を守りたい』という願いを持ち、それによって能力を得た人間は、仲間を殺されれば力を失う」

何故ならば、その願いは二度と、叶うことはないから。

どんな強い想いだろうと、無意味な感傷でしかないのだから。

「……残酷な、話ですね……」

思わず瞳を伏せた珠子に対し、「実際にあった話だよ」と平然と応じる。

「それに、後悔や心的外傷が根底にあるケースを考えると、能力を失うことが即ち不幸でもないと思う。辛《つら》い経験を乗り越えられた、過去を忘れることができた、ってことだからね」

「『不定の激流』椥辻未練の能力は己の決意が元になってる、って話、ホント？」

ニヤニヤと笑う束には、「嘘だよ」とつれない言葉を。

「そんな崇高なモノじゃない。呪いみたいなもんだよ、僕のは」

珠子も、噂《うわさ》では伝え聞いていた。

未練の能力は液体操作。手首を軸とした液体専用のサイコキネシスだ。発射される水の弾丸は人体を容易《たやす》く貫く。能力者はその力を隠すものだが、彼に関しては知られたところでさしたる問題はない。液体など何処にでもあり、尚且《なおか》つ、未練自身が常にミネラルウォーターを持ち歩いているからだ。

むしろ、学生の頃からずっと裏の世界に居続けながら、代償を隠せているだけ、大したものだろう。

「……話を戻そう。今回の事件はそういうパターンじゃない」

「心境の変化があったわけではない、と？」

「うん。単に、いつの間にか意識を失い、倒れているところを発見され、ふと、自身の能力がなくなっていることに気付いた」

そうして、一連の事件は、こう渾名《あだな》されることとなった。

――『夢攫《ゆめさら》い』。

夜から朝までという「夢を見る時間」の記憶を奪い、異能という人の願望《ゆめ》を奪う。

故に、『夢攫い』。

「情報統制を掛けたから、まだ話題にはなっていないけれど、それでも『白の部隊』やCIRO-Sの一部で噂され始めてる。『「夢攫い」っていう、能力を奪う能力者がいるらしい』ってね」

「それにしてはゆうちょーだね」

ピアスを弄びつつ、鼻で笑う束。

「本当にそんなヤバい奴がいるなら――ミレン、アンタが出るべきなんじゃないの？　公安警察の誇る『最高の暴力』の一人である椥辻未練がさ」

「言っただろう？　まだ事件かどうかは判断しかねてるんだよ。連続して昏睡した人間が出たのは、ただの偶然かもしれない。異能を失う能力者が出た、という点にしても、さっき話したように、ないわけではない」

矛盾するように感じるが、「全ての事件が大阪府大阪市の一部で起きている」と同時に、大阪市は総人口二五〇万人を優に超える大都市である。通勤通学で往来する人間を入れれば常に三〇〇万人が生活している。稀《まれ》な事象でも、母数を考えれば珍しくはなくなる。

それだけの人がいれば原因不明で倒れる人間くらい、幾らでもいるだろう。そう言われれば、それまでの話だ。

「それに僕にしても、他の隊長にしても、忙しいんだよ。『Cファイル』関係が落ち着いたけど、『アバドン』の動きは注視しなくちゃいけないし、環境テロリストの『Earth《エ》 Liberation《ル》 Force《フ》』もまた何かする気らしいしね。犯人がいる、って分かれば別だけど、事件か分からない出来事に人員は割けない」

「結局は、『能力を奪われるのが怖い』だけなんじゃないの？」

鋭い指摘は予想済みだったか。

未練は、それもある、と肯定した。

「僕はともかく、『白の部隊』には冗談抜きで一騎当千の人間がいる。原子力空母に正面から入って警備と乗組員を全員殺してジャックできるような奴とか、そもそも近付いただけで無力化できる奴とかね。ただ、そんな人材だからこそ、たかだか五人が意識を失った程度の事件には割り振れない」

　純粋な得手不得手もある。

　どれ程の実力を持っていようと、辺り一面が焦土になるような異能を持つ人間を市街地での任務には使えない。五名の昏睡の理由を明らかにする為に、淀川区に住む約二〇万人を犠牲をするのでは本末転倒だ。

単に強力な能力を持つ人間と、事件の調査に向いている人間は全く別なのだ。

「戦力の逐次投入は愚策だって習ったけど？　ミレン、他ならぬアンタに」

「原則はね。でも、全容が見えてない状態で全戦力を注《つ》ぎ込《こ》むのは愚策以前の論外だよ。徒《いたずら》に戦力の分散をすべきじゃないし、余力は残しておくべきだ」

「そう言うならまず、隊長同士がお互いの動向を把握してない現状は見直すべきじゃないの？　テロを起こすと分かってる過激派連中なんて、隊長が集まって殲滅《せんめつ》すればいいじゃん」

「敵性勢力が一つならそれもできるよ。でも、敵は一つじゃないんだ。大阪に全員を集めて、その間に東京で大事件を起こされたら目も当てられない。それに、敵対してるなら殺せばいい、みたいな単純な図式に還元しちゃうと、往々にしてロクなことにならない」

「分かりました！　二人共、分かりましたから!!」

延々と続きかねない論戦に割り込むようにして珠子は声を上げる。

結論は決まっているのだ。戦術戦略論の話をする必要はない。

「要するに！　要するに、栁辻監察官は、斥候をやって欲しいんですよね？　今は戦力をどの程度投入するかを決める段階であって、その為に情報を収集して欲しい。そういうことですよね？」

「纏めてくれてありがとう。そういうことだ」

「で、束さんも情報収集が必要というのは同意しますよね？」

「……まあ、うん……」

同意を得たところで、無理矢理話を纏める。

「ならば、私が調査します。監察官、それでいいですよね？」

「うん、よろしく」

「ちょっと待ってよ、タマコ。アタシはヤだからね」

「分かっています。ですから、『私が調査する』と言いました。束さんは待機していてください。情報収集は私一人で行います」

「ちょっと、タマコ……。それこそ待ちなよ」

灰皿に伸ばし掛けた手を戻し、束は隣に座る珠子の顔を覗《のぞ》き込《こ》む。

何を馬鹿なことを。そう言わんばかりの表情で。

「タマコ一人で何ができる、って言うの？」

「情報収集程度ならばできますよ。私達に依頼しているということは、『白の部隊』もＣＩＲＯ-Ｓも、何も目星が付いていない状態なんですよね？　全くアテがないから、とりあえず手が空いている人間に調査をさせておく……。そういう状況ですよね」

「アテがないわけじゃないけど、そっちは僕がやるから、別ルートで調べてみて欲しい、って感じかな。ところで、本当に一人でやるの？」

眼鏡の奥の目を細めた未練。

少々、驚いた風でもあった。

珠子は「全てを一人でやるわけじゃありませんよ」と答える。

「情報集めを私がするだけです。束さんには待機して頂き、必要に応じて増援に来てもらう形にします」

「それならアタシも行くよ。アンタ、弱いし」

「心配して頂けるんですか？」

「そういうわけじゃないけど、仮にも上司なんだから、死なれると、嫌な気分になるでしょ」

そっぽを向いた同僚にクスリと笑みを溢し、「弱いからですよ」と続ける。

「一連の出来事が事件であり、その犯人が特異能力を奪う力を持っているとしたら、捜査するのは私一人の方が都合が良い。私は能力を持っていませんから」

‡

雙ヶ岡珠子は資料を受け取ると、「早速読みます」と一足早く店を後にした。

それでも帰路に就く前にしっかり三人分ほど飲み食いしたのは彼女らしいとしか言いようがなかったが、未練としては意外だった。事件に対する食い付きも、「一人で捜査する」と珠子の側から申し出たことも。

そういう風に話を運ぼうとしていたのは事実だが、まさか、彼女自身がそう言い出すとは思わなかったのだ。

「……タバコ。吸うから」

「どうぞ。あれ、許可なんて取るタイプだったかな？」

「タマコに怒られたの、前に。『そういう時は一言、断りを入れるものですよ』って」

紙巻きを咥《くわ》えて、火を点ける。ゆっくりと吸い込み、紫煙を吐き出す。

忙しい、と話していた割に、未練は席を立とうとしなかった。ミネラルウォーターを口へと運び、スマートフォンに視線を落とす。誰かと連絡を取っているようだ。今回の事件のことか、それとも、それ以外の案件か。

暫しの間、沈黙が二人の間を支配した。

遠くの席の賑《にぎ》やかな話し声だけが、僅かに聞こえた。

「……最初から、タマコ一人にやらせるつもりだったんでしょ」

一分ほどの時間を置いての束の間い。

未練は、「まあ、そうだね」と応じる。

「雙ヶ岡君の言った通りの理由だよ。今回の犯人が『能力を奪う異能』を持っているならば、能力者である君は同行しない方がいい。調査する、と言っても、資料を漁《あさ》って被害者と目撃者に聞き込みをして、後はこの辺りの情報屋に当たるくらいしかやることはないから、人数も必要ない」

「………………」

「不満そうだね」

別に？と言いつつ、ピアニッシモを灰皿へと押し付ける。

「それだけなら、なんで言わなかったのかな、って」

「何を？」

「能力者が能力を失う事例云々《うんぬん》、って辺り。『願望が叶えられた』『過去を乗り越えた』よりも先に、連想することがあるじゃん。アタシも、アンタも。こういう世界で生きてる人間なら」

　そう。

「異能を失う」と聞いて、能力者が真っ先に思い付くのは――『白の死神』。

　栁辻未練と同じく、『最高の暴力』の一人。「相手の記憶を忘れさせる」という能力を持ち、その力を用い、「異能の使い方を忘れさせる」という方法で特異能力を無力化する、能力者殺しの死神。

　束は言う。

「……能力を使えなくする異能は、時間を操る能力に次いでレアな力だ。日本の対能力者機関全て合わせても、三、四人しかいないはず。その代表格が『白の死神』。アイツの能力は記憶操作なんだから、『記憶を失ってる』という証言とも一致する」

「そうだね」

「タマコは天然だけどさ……。多分、すぐ気付くよ」

「すぐ気付くのなら、殊更に言わなきゃいけないこともないだろう。言ってもいいし、言わなくても良かった。たまたま言わなかっただけだよ」

　あくまでもいつものような言動を貫く未練を睨《にら》み、鎖の少女は問う。

「アンタ……。何を隠してるの？」

未練は沈黙を返したが、あえて答えるとすれば、こうなるだろう。

——「何もかもを」。

‡

深夜、都内某所。

山手線《やまのてせん》沿いに立地する、ある建物だった。何の変哲もない商社に巧妙に偽装されており、実際に登記上も一般企業の物になっているが、実際は公安警察が使用する施設だ。より正確には、『白の部隊』の。

正式名、警察庁警備局警備企画課特別機動捜査隊。通称『白の部隊』。表向きには存在しないことになっている特異能力者。その処理を担当する彼等《かれら》は猶《なお》のこと、存在してはならない。そういった特性上、一部重要拠点を除き、『白の部隊』の施設は定期的に引っ越しが行われている。

このビルが基地として使えるのは今週まで。来週には移転作業が行われ、再来週には別のテナントが入居する。東京は時の流れが激しい街だ。次に入る店子《たなこ》も何年持つかは分からない。十年後にはここにあった商社など、誰も覚えてはいないだろう。

そんな仮住まいの一室だった。

所狭しと並べられたスチールラックの前で、一人の少女がファイルを捲《めく》っていた。

「……白雪隊長？」

扉を開けた職員は、中にいた人物が『白の死神』だと気付き、驚いたらしい。

「どうしてこんな夜遅くに資料室へ？　そろそろ施錠と消灯の時間なのですが……。何か、お探しですか？」

「ええ、少し。ここ暫《しばら》くのゼロ隊の記録が見たくて」

「ゼロ隊って言うと、白雪隊長の部隊ですね。ですが、申し訳ありません。各部隊の活動記録はこういった支所には置いてないんです。本部で照会を掛けて頂ければ分かると思いますが……」

「そうでしたか。失礼しました」

お辞儀をし、ファイルを棚へと戻し、部屋を出て行こうとする。

気を利かせ、職員の男は言った。

「ある程度までならば、部下の方や、栁辻隊長が記録されていると思いますよ。白雪隊長の代償は皆さんご存知ですし」

「そうですね。ですが、今回は未練さんを頼るわけにはいかないので」

私が始末するべきことですから。

そう言い残し、『白の死神』は去って行った。

現在地

暗闇に満ちた部屋の中
死の音だけが明瞭だ
寝ても覚めても変わらない
何が夢かも忘れてしまった

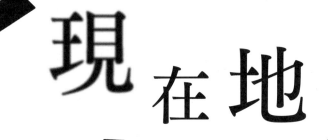

——時系列は半年程前に遡る。


錆《さ》び付《つ》いたドアノブが回る音に、少年は顔を上げた。

入ってきたのは、軍服のような黒い服を纏った、小柄な少女だった。

「こんにちは」

会釈をすると、その絹糸のような黒髪が静かに揺れた。

白やか、という形容がこれほど似合う顔立ちもないであろう。純白。新雪。否、「氷姿《ひょうし》雪魄《せっぱく》」か。そんな熟語が頭に浮かぶ。黒い服に黒のブーツ。黒い髪、黒い瞳。黒尽くめの中で、その肌だけが透き通るほどに白い。

少年は一瞬間、彼女を観察すると、やがて「驚いた」と笑う。

「次は誰が来るかと思ったら、とんでもない美少女がやって来たね」

「ありがとうございます」

几帳面《きちょうめん》にもまた会釈をし、少女は言った。

「ですが、どうか受け答えは慎重になさってください。今まで尋問を行ってきた人達とは、私は根本的に違います」

「へえ、何が違うの？　気難しそうなオッサンやお兄ちゃんじゃないってことは見ただけで分かるけどさ」

「私には、あなたを殺す権利が与えられています」

あまりにも平然と、眉一つ動かさないまま、彼女は告げたのだ。

受け答え次第ではお前を今すぐ殺す、と。

普通の人間ならば「そんなはずがない」と笑い飛ばしていただろう。あるいは、彼女の力を見抜ける者ならば、恐怖し、絶句しただろう。

「そうなんだ」

だが、少年は違った。

平然と応じた。

あの軽く、明るく、然《さ》れども、虚《うつ》ろで狂った様子で。

「じゃあお姉さん……『お姉さん』でいいのかな？　年上か年下か分からないけど、あなたはそれなりに偉い人、ってわけだ」

「私は白雪と言います。『白雪』でも、『シロ』でも『ユキ』でも、お好きなようにお呼びください」

「じゃあ、シロちゃん」

「はい」

自分でそう呼んだというのに、さも可笑しそうに笑う。

「初対面の人にちゃん付けで呼ばれて嫌じゃないの？　僕の相棒なら、『その呼び方はやめなさい』ってツッコんでくれるところなんだけど」

「構いませんよ。どうせ明日には忘れているので」

拍子抜けだなあと独《ひと》り言《ご》ち、少年は訊《き》く。

「で、偉い人だって言うんなら、僕の諸々の個人情報には目を通したんでしょ？」

「そうですね」

「シロちゃんって年下？」

「さあ……。分かりません」

「それとも年上？」

「それも、さあ……。知りませんね」

奇妙な受け答えに、はじめて彼の顔付きが変わった。

刹那に平静を取り戻したが、明らかに感情が騒めいた。動揺したのだ。

想定外。警戒すべき状況ながら、その瞳が好奇に輝いてしまうのは、彼がスリルを愛するギャンブラーだったからだろうか。

「これまでの調査や取り調べでさ、あなた達は僕の能力がどういうものか分かってるよね。『嘘を吐いた相手を操る』って力のことを知ってるわけだ」

はい、と白雪は首肯する。

やはり、奇怪だった。

少年の側が投げ掛けたのは「自分より年下か、年上か」という問いだ。言うまでもないことだが、同じ年に生まれているのでない限り、相手は少年の年下、若しくは年上となる。

目の前の少女、白雪の年齢は分からない。幼さの残る顔立ちや肌の若々しさから考えると中学生でもおかしくはないが、醸し出す沈着かつ掴みどころのない雰囲気は、数百年の時を生きた魔女のようでもある。

実際のところ彼は、彼女の年齢など、どうでもよかった。

「あなたは今、私を操ろうとしましたね。でも、できなかった。だから、困惑した。有り得ないことが起こったからです」

白やかな少女の言う通りだった。

「あなたは私の年下ですか？」。この質問に、白雪は「分からない」と答えた。更に、続く「それとも私の年上ですか？」という問いかけに対しても、彼女は「知らない」

と応じたのである。

通常ならば、捻《ひね》くれ者の応答というだけだろう。はぐらかしたのだ、と。

しかし、ここは能力《ギフト》という異常が存在する空間だ。

「あなたは疑問を口にした瞬間、異能を発動させていた。瞬きを連続して三回する、唇を舐《な》める、手を強く握る……。そういった微細な、操られたとさえ気付かないような指示を出していた」

白雪は操られなかった。

必然的に彼女は嘘を吐いていないことになる。

だが、おかしい。自分の年齢を把握していない人間などいるはずがないからだ。

何十年も生きていれば多少分からなくなることもあるだろう。米寿は今年だったか、それとも来年だったかと考える老人のように。けれど、大抵の人間は自身の生まれた年を覚えている。

「『自分に対し、嘘を吐いた人間を操る』——あなたの能力の恐ろしい点は、そこにある。相手の言動ひとつ一つに対して能力を発動させることで、相手の嘘をほぼ確実に見抜くことができるのです」

長髪の少年は黙り込んでいたが、それも刹那のことだった。

小さく、笑う。瞳の奥の歪《いびつ》な光が一際に強くなる。解答に辿り着いたのだ。

解答、即ちは、真実に。

「……人の話は真面目に聞いておくものだね。そう思わない？　シロちゃん」

「さあ。どうでしょう」

「その曖昧な返事の理由も分かったよ。シロちゃん、あなた――『白の死神』なんだよね？」

それはいつだったか、彼女が教えてくれたこと。

公安には『白の死神』と呼ばれる能力者がいるのだと。有する力は『純白の剣を創り出すこと』、及び、『その剣で切った相手の記憶を忘れさせること』。そして、その代償は逆行性健忘。所謂《いわゆる》、記憶喪失。

「今は一日しか記憶が保たないそうです」――彼女はそう語っていた。

「僕があれこれ思い悩んでいただけで、シロちゃんは正直者だったんだ。あなたは二十四時間足らずしか記憶を保持できない深刻な逆行性健忘故に、自分の年齢を覚えていない」

年下なのか、年上なのか。

その問いに「知らない」「分からない」と白雪は答えたが、真相は単純。

本当に知らないし、分からなかったのである。

「シロちゃんと話しててもさ、暖簾《のれん》に腕押しって言うか、褒めても揶揄《やゆ》ってみても反応が薄くて変な気分がした。ううん、正直に言って、怖かった」

どんな言葉も素通りしていくようで。

あまりにも透明過ぎて、違和感どころか、恐怖を覚えていた。

「けど、反応が薄いのは当たり前だ。だってシロちゃんは、明日には僕のことなんてすっかり忘れているから」

仮にここで彼を惨殺し、罪悪感を覚えたとしても。

次の日、目を覚ました時には、全てを忘れている。

記憶は雪のように溶け、真っ白に戻るのだ。

「困ったな……。可愛《かわい》い女の子と話せるのは大歓迎なんだけど、シロちゃんは僕とかなり相性が悪いね」

「そうですか？」

「うん。記憶がないから、『昨日は彼氏とデートしてた』みたいな些細な嘘すら吐くことはないだろうし、明日には僕との会話も忘れちゃうから交渉のしようがない。駆け引きもしにくいしね」

お手上げだね、とわざとらしく肩を竦《すく》めてみせる。対して白雪は何故か、フッと小さく微笑《ほほえ》む。僅かながら人間性を取り戻したかのような、可愛らしい笑み。

瞬間だった。

一陣の風が吹き抜けたかと思えば、少年の前髪が数本、はらりと落ちた。

「……っ……！」

思わず息を呑む。

見れば、白雪の左手には純白の日本刀があった。

斬られた。そう理解した。目にも映らぬどころか、速過ぎて斬られた事実すら忘れる神速の居合抜き。外したのではない。かと言って、掠《かす》めてしまったのでもない。垂れ下がった前髪だけを狙い、断った。

「言い忘れていましたが、私には時間がないんです。今の私が、私の全てだから。そろそろ本題に入りましょう」

威圧だった。目の前の少年を本気にさせる為の脅しだ。

昨日のことは何一つとして思い出せぬ彼女だが、死線での立ち回り方は身体が覚えている。どれほど軽薄な人間であっても、死という絶対を意識させれば真剣になる。死に物狂いになる。

そう考えての行動だった。

だが。

「ははっ」

少年は——笑った。

恐怖のあまり笑うしかなかったのではなく、鼻先まで迫った死を愉《たの》しむように笑みを漏らしたのだ。そこに座っていたのは、空虚な狂気だった。

全ての記憶が消えていく白雪が、その名の通りの空白だとすれば、少年のそれはあらゆる過去を無価値にする虚無。生の実感が欠如しているという点では同一であるものの、まさに対極だった。

死線の渡り方を知っているのは、何も、白雪だけではない。

「非礼を詫《わ》びます。私はあなたを侮っていました。あなたは幼稚な暴力で己を変えるような人間ではなかった」

「気にしなくていいよ。色々と言われ慣れてるからさ。狂ってるー、とか、頭がおかしいー、とか」

「でも、あなたは自分が狂っているとは少しも思っていないんでしょう？」

死神の問いに少年は笑みを以《もっ》て回答とした。

それで白雪も納得したらしく、本題に入る。

「あなたには二つの選択肢があります」

「へえ、選択の自由があるんだ。公安って案外、優しいんだね」

「一応は正義の味方ですから」

白やかな少女は全くの無表情。冗談なのかどうか判別が付かない。

能力を使い判別を試みるが、無駄に終わる。無理もない。元より、『正義』の定義自体が曖昧なものだ。彼女の中においては、彼女の行いは正義と判断されているのだろう。その程度のことしか分からない。

「一つ目の選択肢。あなたは今この瞬間を以て、能力や犯罪結社、非合法組織に関する全てを忘れ、日常に戻る」

「そんな都合の良いことがあるの？」

「あります。あなたが忘れれば良いんです」

私が忘れさせます、と付け加える。

白雪の力は忘却。少年一人の記憶を忘れさせることなど造作もない。異能に関する経験を全て消し去り、公安の力を使い、「不運な事故で数日間の昏睡状態に陥った」という状況を作り出す。

次に意識を取り戻した時には、元の日常が戻ってきている、というわけだ。

「一つ質問。僕の能力はどうなるの？」

「それも忘れさせます」

「忘れさせる？」

「『失行』と呼ばれる障害をご存知ですか？」

失行とは、高次脳機能障害の一つだ。

「運動可能であるにもかかわらず合目的な運動ができない状態」と定義される症状である。例えば、「事故に遭った人間が手や腕には全く損傷がないにも拘《かかわ》らず、服のボタンを留めることができない」というような。詳細は未《ま》だ不明だが、脳に損傷を負うことで特定の動作に不都合が生じているのではないか、と推測されている。

この失行が認知機能に認められたものが「失認」であり、認知症患者が自宅への道が分からなくなるようなものも「失行」と呼ぶことができる。

「私の能力で、あなたの『能力の使い方』を忘れさせます。機能こそ残りますが、その存在も使い方も忘れるので、存在しないのと同じです」

「なるほどね。で、二つ目は？」

「私達の監視下に入り、対能力者機関の人間として働いてください。有用ならば正式に採用します。非合法組織ですが」

「有用じゃなかったら？」

「一つ目と同じ結末です。全てを忘れさせます。あるいは殺されます」

「怖いねー、公安は」

「秘密組織なんて何処もこのようなものだと思います」

何もかもを忘れるか、能力者として闇の世界で生きていくか。

破格だな。それが少年の正直な感想だった。

もう、普通の人生を送ることは無理だと思っていた。分岐点はとうの昔に過ぎていて、もう取り返しはつかないのだと。当たり前の幸福は望めないのだと。

いや、違うだろうか。

いつだって彼は自分の意思で死線に臨んできた。此度《こたび》の事件だけではない。ずっと前から。遥《はる》か昔、片目を失った時も。

望むままに臨み続け、命を賭け続けてきた。

そんな自分に「望むならば日常に戻れる」という選択肢が残されている、これを破格と言わずになんと評すれば良いだろう？　「普通」も「平凡」も最初から願い下げだ。けれども、その選択肢があることは幸運だと感じる。破綻しているとは言え、それくらいの判断力は持ち合わせていた。

「そうだなあ……」

一人ならば。

つい、数日前の自分ならば、迷いなく後者を選んでいただろう。

それこそ何も考えずに、心のままに。

今もその在り方は変わらない。変わらないものの、気になっていることもあった。

「ねえ」

「はい」

「向こうはなんて言ってるの？　僕と同じように取り調べしてるんでしょ？」

ああ、と白雪は呟く。「すっかり忘れていた」と言わんばかりだった。

「彼女のことは何も考えていません。犯罪の片棒を担いでいたとしても、騙《だま》されていただけです。罪に問うほどのことではない。何もかも忘れさせて、日常に戻してあげたいと思っています」

「でも……当の本人の意見は違ったでしょ？」

対面の少女は頷く。

「お察しの通り、彼女の側の意見は異なりました。こちら側の世界で生きていくことで、罪滅ぼしがしたい。そういう旨を話しています」

自分は騙されていただけだと、被害者なんだと。そう言いたい気持ちもあっただろう。現実としても、少女は騙されていた被害者である。その主張が他者に認められるかどうかはともかくとして、そう叫んでも良かったはずなのだ。

けれども、彼女はそうしない。

何も知らなかったとしても、その事実を『罪』と認識し、背負うことを選んだ。

「犯罪組織の片棒を担いでいたと言っても、彼女自身が誰かを殺《あや》めたわけではないようですし、責任を感じる必要もないと思うのですが……」

「簡単な話でしょ。世の中には『知らなかったから仕方ない』と割り切れる人間と、そうじゃない人間がいる。彼女は後者で、『割り切りたくない』人間なんだと思うよ」

割り切らない、割り切れないこと。

それは忘れられず、忘れないことなのだと思う。

「割り切りたくない想いもある、ですか……。私には分からない感情です」

白い死神はそう呟くことで自身の中に生まれた感傷を一蹴する。

尤も納得しようとしまいと、彼女のことなど明日には忘れているのだが。

「それで、彼女がどうしたのですか？　まさか、『彼女が戦い続けるならば自分も戦う』などと、馬鹿なことを言うつもりではないでしょうね」

白雪の言葉に、少年は年相応の笑みを湛《たた》えた。

好きな女の子に対して、ただ、良いところを見せたい――そんな有り触れた心情が窺える微笑を。

「絶対に忘れないように刻み込んでおくといいよ、シロちゃん。男の子ってのは、馬鹿な生き物なんだよ？」

いつもの通りの軽口で、少年は重い決断をあまりにも軽く下した。

それは紛れもない、肯定の言葉だった。

‡

原因不明の記憶喪失、及び、能力消滅事件。

事件かどうかも分からぬ一連の出来事は、暫定的に『夢攫い事件』と命名されることとなった。出所も分からぬ噂から名前を取ることには抵抗があったが、「後で振り返る時に分かりやすいでしょ」という未練の判断に従った形だ。

『捜査本部の立ち上げにも関わったことがあるけど、どれもこれも「○○市誘拐事件」とか「××駅連続殺人事件」とか、個性がなくって、名前だけ聞いてもパッと思い出せないいんだよね』

とは未練の言。警察関係者らしい意見だった。いや、それは単に警察官だからではなく、彼の経歴に由来するものだろうか。

知識と経験の豊富さが作り出す一種の麻痺《まひ》。多くの事件を見続け、関わり続ける椥辻未練からすれば、「関わった無数の事件の内の一つ」。だが、事件の当事者にとっては唯一にして無二の、忘れられない経験だ。被害者にとっても、加害者にとっても、そして、捜査関係者にとっても。

此度の事件も、未練にとっては「関わった無数の事件の内の一つ」なのだろう。被害に遭った人間にとっては、世界が変わるような一大事であっても。

「油断してたわけじゃないんだ」

と言っても記憶はないんだけど、とベッド上の青年は笑う。

天王寺区にある警察病院の一室だった。

夢攫い事件の捜査をすることになった珠子は、一通り資料に目を通した後、とりあえずは被害者に話を聞くことに決めた。幸いにも、と言うべきか、能力を失ったという五人目の被害者は『白の部隊』の人間だった。面会の約束は簡単に取り付けることができた。

同時に、何故、この事件が騒がれ出したのかを理解する。それまでの四件は、言わば他人事《ひとごと》だった。だが、五件目では被害者は能力を失い、しかも、被害に遭った人間が、末端とは言え『白の部隊』の構成員となれば話は違う。

自分も能力を奪われるかもしれない――。

そんな不安が内部で広がり、『夢攫い』だなんて渾名まで付けられたのだろう。

「わざわざ来て貰ったのに悪いけれど、報告書以上の内容は話せないと思う。言ったように記憶がなくなってるから。申し訳ないよ。未練さんにも謝っておいて」

「いえ……」

五番隊に所属する青年、柚之木《ゆのき》は、力なく笑う。

相当に堪えているらしかった。

当然か。仮にも秘密機関に属しながら、襲われた挙句に裏の世界で何よりも重要な異能を失い、しかも、何の手掛かりも得られていないのだ。後悔や無念、困惑や悲哀が入り混じった感情は整理するのも難しいことだろう。

「ご存知の通り、その日の前後、僕は非番だった。だから大阪にある実家に帰っていたんだ」

「事件当日は、お友達と会っていた、とのことで……」

「高校時代の友人と会って、食事をして酒を呑んで、終電がなくなる前に別れて……。記憶があるのはそこまで。朝方、路地裏で倒れているところをキャバクラの店員に見つけられて、救急車を呼ばれて病院へ。昼過ぎに目を覚ました」

身体的には何も異常はなかったが、すぐに能力を失っていることに気付き、上司に報告を行った。すぐにこの警察病院に転院させられ、精密検査を受けたが、やはり疾患の類は見つからず。

だが、特異能力が使えなくなっていることだけは、間違いがなかった。

「事件について、心当たりはありますか？」

「さあ……。入ったばかりのぺーぺーだから、こなした任務も多くないし、恨みを買うようなこともなかったと思うんだけど」

記録を見る。

年は珠子と同じ。『白の部隊』に入ったのは一年と少し前。まだ半ば研修中のような状態で、語った通りに担当した任務も多くはない。

「関係があるかどうか分かりませんが、能力について教えて頂けませんか？」

「あれ？　ああ、そうか。特異能力は最高機密だから、隊長以上の権限がないと情報を見れないんだっけか」

「はい。元々能力者で、勧誘されたと聞いていますが」

「そうだよ。異能を使って詐欺みたいなことをやってて、そんなことをしてたら能力者関係の犯罪組織に目を付けられて、拉致された。運が良いことに、直後にその犯罪組織の掃討作戦が実行されて、僕も助けられた」

助けてくれたのが今の隊長だ、と続ける。

「その後は、他の奴と同じ。能力を奪われて日常に戻るか、能力を持ったまま『白の部隊』で働くかを選べと言われて、働くことにした。当時は職もなかったし、隊長に恩返しもしたかったしね」

嬉《うれ》しそうな語り口の中に寂しさが滲《にじ》むのは、能力を失った自分はもう、命の恩人の役には立てないという思いからか。

元々が能力ありきで採用された人員だ。異能を失ってしまえば扱いが変わるのも当然のこと。彼だけではない。対能力者機関の人間の多くがそうだ。だからこそ、能力者は自身の力を奪われることを恐れる。

柚之木は言った。

「もう失っちゃったから話すけれど、僕の能力は感覚を狂わせるものだった」

「感覚を？」

「そう、時間感覚を。五感という言葉が有名だから忘れがちだけど、人間の感覚は五つどころじゃなくある。痛覚や平衡感覚は分かるよね。内臓の不調を感じ取るのも、腕が今、何処にあるのかを感じるのも、全て『感覚』だ」

そして、柚之木が使えた異能とは、「自身と話している相手の時間感覚を狂わせる」というものだった。

恋人といる時間は短く感じる。退屈な時間は長く感じる。有り触れた事象だ。そのような時間に関する感覚を狂わすことができた。「十秒くらい経《た》っただろう」と時計を見れば、二十秒が経過している。些細故に、その力一つで戦況を変えることはできないが、些細故に、使われたことにすら気付かない感覚干渉の異能。

「僕がやってた『詐欺みたいなこと』っていうのは、時間当てゲームだ。やったことない？　ストップウォッチを使ったやつ。目を瞑《つぶ》ってカウントして、一分に近い時間で止めた人が勝ち、って遊び。それをお金賭けてやってた」

「なるほど……」

「使い道がない能力だな、って思ったでしょ？」

「いえ、まさか」

「隠さなくていいよ。実際、用途は限られた能力だ。けれど、能力者ってのは、能力を隠すと共に、如何にして異能を活用するかが重要だ。相手の予想を超えられれば、たとえ能力を知られていたとしても有利に戦える。僕はそう教わった」

どのようにして能力を活用していたかについて、柚之木は語らなかった。異能が戻ってきた時に困るからだろう。

それは即ち、力を取り戻す日を夢見ていることと同義だった。

「……ああ、もう三十分も経ったのか。五分くらいだと思ってた。どうせなら代償も消してくれれば良かったのにな」

スマートウォッチに目を落としつつ、そう言って笑う。

彼に残ったのは代償として壊れた時間感覚だけだ。

‡

帰り際、警察病院の廊下でその姿を見つけた珠子は、見間違いだと考えた。

こんなところにいるはずがない、と。

エレベーター前の案内図を見つめていた少女だったが、やがて、珠子の方へと歩いてくる。私服らしい首から膝下までを覆う長いコートは、『白の部隊』の制服と同じく漆黒だ。黒い髪に、黒い瞳。肌だけが透き通るように白い。

その白やかな少女を、雙ヶ岡珠子は知っている。

実物を見たことはなくとも、彼女の存在を知らない異能者などいないはずだ。

「……『白の死神』……！」

闇に包まれた公安警察情報組織《チヨダ》の最奥。「特異能力者」という、表向きは存在せず、存在してはならない異能者達に対抗する為の部隊。それが『白の部隊』と通称される対能力者機関だ。

その筆頭であり、忘却の力で以《もっ》て能力者を殺す死神。

そう、彼女こそが『白の死神』だった。

「何故あなたが、ここに……？」

珠子の言葉には何も返すことなく、『白の死神』白雪は、懐から傷んだ手帳を取り出す。そうしてページを捲る。以前と全く変わらない仕草だった。

彼女には一度だけ会ったことがあった。白雪が関西に来ることがあり、ちょうど良い機会だからと未練に紹介されたのだ。深刻な逆行性健忘によって一日以上の記憶が保てない、という噂は本当だったようで、その際も、未練が「僕の部下だよ。白雪さんとは初対面だ」と補足するまで、黙って手帳を睨んでいた。

やや待って、珠子は名乗る。

「内閣情報調査室特務捜査部門外部監察官付き第四班所属、雙ヶ岡珠子です。お会いするのは二度目ですが、以前会った時は挨拶をした程度なので、覚えておられなくとも無理はありません」

「ありがとうございます」

応じつつも手は止めず、白やかな少女は続けた。

「ですが、あなたが不倶戴天《ふぐたいてん》の仇《あだ》であろうと、私は覚えていないと思います。今の私が、私の全てだから」

呟かれた言の葉が特別な響きを持つのは、彼女が何もかもを忘れさせ、同時に何もかもを忘れていくからだろうか。白雪にとって、今日は明日と地続きなものではないのだろう。今の彼女にとって、今こそが全て、なのだ。

刹那的とも言える物言いであるのに衝動的な生き方だと感じないのは、白雪の中の芯が窺えるから。記憶を忘れ続けるが故に心は決して揺れず、変わらない。

筆記という形の過去を遡りながら、少女は問う。

「CIRO-Sの外部監察官付き、ということは、未練さんの部下。何の任務ですか？」

「五番隊の柚之木さんに話を伺いに」

「そうなんですか。私もです」

「え？」

何故、『白の死神』が？

本人に問うべきか逡巡《しゅんじゅん》した瞬間、白雪が呟いた。


「……『戻橋《もどりばし》トウヤ』……？」


聞き覚えのない名だった。

けれど、何故か忘れてはいけない名前だった気がした。

何かがおかしい。漠然と抱えている違和感。何処か噛み合わないままの心。それは錯覚ではなく、事実として何かが失われているのかもしれない。身体の奥底、魂に組み上げられた信念から、何かが。

存在の、欠片が。

「白雪さん……」

「なんでしょうか」

しかし、二の句は継げなかった。

何も思い出せなかったからだ。

分からないのだ。奇妙な感じがする。けれども、何がどうおかしいのか、言語化できない。「勘違いなのではないか」。そう思った方が、むしろ、しっくり来る。言わばデジャビュ。ただの脳が起こしたバグなのだ、と……。

「用がないのならば、そろそろ失礼します。私には時間がないので」

「白雪さん、あなたも夢攫い事件を調べているんですか？」

「答える必要性を感じません」

「先ほどあなたが口にしたのは事件の関係者の名前ですか？」

「そちらも答えは同じです。答える必要性を感じません」

突き放すような返答。取り付く島もない。

白雪の言う通りではある。向こうは『白の部隊』の隊長。対し、こちらは一介の諜報員。階級も違えば、所属すら違う。組織における重要度も。しかし、あまりにも刺々《とげとげ》しい物言いだ。まるで、珠子が関わることを望んでいないかのようだった。

話は終わりだと言わんばかりに歩き出す白雪。傍らを通り抜けようとした少女に、思わず「待ってください」と手を伸ばし、

「――時間がない、と言いました」

瞬間だった。

「がッ……う……!?」

鳩尾《みぞおち》に衝撃が走り抜ける。痛みで倒れそうになる身体を、欄干を掴み、どうにか支える。ここが病院で良かった、普通の建物ならば手摺《てすり》なんてなかっただろう、と場違いにも考える。

眼前の白雪が手にしている凶器、飾りのない日本刀を目にして、ようやく理解が追い付いた。殴られた。否、突かれたのだ。珠子が引き留めようとした刹那、その気配を察し、動きに先んじて剣を顕現させ、柄頭《つかがしら》での一撃を放ったのだろう。

冗談のような技術と速度だった。腹部を突かれて、やっと危害を加えられたことに気付いた。動き出しどころか、攻撃が終わるまで反応すらできなかった。まるで世界が彼女を忘れてしまったかのような、出鱈目《でたらめ》な速さ。

鍔《つば》に親指を置いたまま。即ちは、臨戦態勢のままで白の少女は言う。

「あなたもこういう世界で生きているなら分かるでしょう。私達のような人間に、安易に近付いたり、触れようとしたりしないことです。死ぬことになります」

「ッ……く……！」

「では、失礼します」

もう一度、はっきりと別れの言葉を告げ、刀を一振りする。そうして手帳へと戻した日本刀を懐へと仕舞い、白雪は去って行く。

その小さな背中を珠子は黙って睨んでいた。

‡

椥辻未練は言った。「これが『事件』なのか、それともただの偶然なのか、判断しかねている」と。

五件目の柚之木が異能を失い、『夢攫い』などと噂され始めているせいで、ややもすると大事件のように思えてしまうが、それまでの四人は、「ただ意識を失い、昨晩の記憶を忘れただけ」である。気にするほどのことでもない。一人目の被害者とて、たまたま公安の監視対象だっただけ――異能を持っていただけかもしれない。

一連の事件は、『事件』かどうかさえ、判然としない。

だから雙ヶ岡珠子に命じ、とりあえず情報収集をさせている。

そのはずだった。

「……それなのに何故、彼女が……？」

車窓に流れる景色を眺めつつ、思案を続ける。

……椥辻監察官の言う通り、「事件かどうかも分からない段階」ならば、『白の死神』が動くはずもない。ということは、彼女には事件という確信があった？　自分が動かなければならないと、そう思わせるだけの事情が？

否、未練が隠しているだけで、既に隊長格が動かざるを得ないような事態になっているのだろうか。要するに珠子は騙され、良いように使われている、と。上司を疑うような真似《まね》はしたくないが、椥辻未練という男の性質を鑑みれば大いに有り得る。

その場合、「何故、珠子に捜査を命じたのか」が分からない。

束が皮肉交じりに述べていたように、切迫した状況ならば、未練自身が動くべきだろう。珠子一人にやらせるべきではない、という表現が正確か。

いや、それも違うか。

事件の概要を語った際、未練は「アテはある」「けれど、そっちは僕がやる」と話していた。彼も何かしらの行動は起こしているのだ。被害者に話を聞き、現場を見て回る、という方法とは別のアプローチで、この一件を調べている。

様々な可能性を検討してみてはいるが、実際のところ、さして聡明《そうめい》でもなければ内調や公安の事情に詳しいわけでもない自分が真実を見抜けるわけがない、と珠子は考えていた。馬鹿の考え、休むに似たり、というやつだ。

それを承知で、こうして思考を巡らせているのは、そう。真っ先に思い至った真相が、どんな愚か者でも思い付きそうなものだった、という部分が大きい。その予測を検証する意味合いが強かった。

即ちは。

……やはり、あの『白の死神』が『夢攫い』だと考えるのが自然、か……？

一連の意識及び記憶喪失事件の犯人が、『白の死神』白雪ならば、ほとんどの疑問に答えが出る。筋が通るのだ。

被害者と思われる五人は一様に深夜から早朝までの記憶を失くしている。何らかの理由で意識を消失し、気絶した状態で見つかったが、「何故、自分が気を失い、倒れていたのか」を思い出せない。

しかし、犯人が白雪だとすれば、事は単純。あの誰もが知る忘却の力で、被害者達の一晩分の記憶を忘れさせたのだ。自身が犯人であること、「『白の死神』に斬られた」という認識も含め、全てを忘却させた。

未練が触れた「アテ」とは、「『夢攫い』が『白の死神』である可能性」だろう。

なるほど、それならば珠子に任せるわけにはいかない。白雪は公安警察の誇る『最高の暴力』の一角。相手にもならないと考えるのが妥当。むしろ相手取れる存在の方が少ない。それこそ、同じく『最高の暴力』と称される栁辻未練でどうにか、というところだろう。束に皮肉を言われるまでもなく、最悪の場合には自らの手で事態を収拾するつもりだった。

事件かも判然としない内に情報が漏れ、下手人が『夢攫い』と呼ばれ、噂される現状は、他ならぬ栁辻未練が黒幕かもしれない。

『夢攫い』という異名を付け、風説を流布することで、未知の能力者の存在を印象付けようとした。白雪から意識を逸《そ》らそうとしたのだ。「犯人は『白の死神だ』」と気付いたところで意味はない。白雪と戦えるレベルの人間が稀少《きしょう》である以上、ほとんどの隊員は対処のしようがないからだ。最悪なのは、誰かが本人を問い詰めるという愚行に及び、返り討ちに遭うこと。それを防ぐ為に、如何にもな噂を流し、架空の敵に注意を向けさせることにした。

尤も、『白の死神』の異能は裏の世界にも知れ渡っている。姑息《こそく》な工作は何の意味も成さないかもしれないが、一パーセントでも信じる人間が出てくれれば儲《もう》けものだと考えているのだろう。幾つもの策を並行して走らせる未練のやり口らしい。

五人目の被害者、柚之木が異能を失った理由。

事件を起こしたのが『白の死神』ならば改めて語るまでもない。「異能の使い方を忘れさせる」という方法で能力《ギフト》を使えなくした。

事件かも分からない今の段階で白雪が動いている訳も、自明。

むしろ当然だ。あの少女は公安としてではなく、犯人として行動している。傍日《はため》には事件かどうかの確証は持てずとも、事を起こした当人、犯人ならば事件と認識しているはずだ。そうでなければ、おかしい。

『白の死神』の代償は逆行性健忘と聞く。ならば、「事件を引き起こし、その事実を忘却してしまっている」という事態も考えられなくもないが、今回に関しては、それはないと言える。

被害者が一人だけならば、「斬った相手を忘れた」という可能性もあるだろうし、事実、白雪も不倶戴天の仇であろうと明日には忘れている、と語っていた。だが、此度の事件は、「一ヶ月の期間で、五人の人間が記憶を失くした」というものなのだ。

そう、一日ごとに記憶を失う白雪は、襲った相手のことどころか、襲撃を行った動機を忘れてしまう。故に、今日の彼女に事件を起こす理由があったとしても、明日の彼女には理由そのものがない。

――「今の私が、私の全て」。

それが『白の死神』である白雪の在り方なのだ。

無論、それだけで無実だと決めることはできない。

白雪が噂通りに、一日分しか記憶を保持できないのだとしても、全てを忘れ去っているわけではないだろう。忘れることのない信念や正義があるからこそ、彼女は『白の部隊』の筆頭たり得ている。

子細な事情は分からない。特定の過去の記憶は覚えており、それが能力者と戦う動機になっているのか。それとも、その身に刻まれた使命感が彼女を戦いに駆り立てるのか。あるいは、目的意識すらなく、ただ命じられるがまま、流されるままに動いているだけなのか……。

情報通の未練なら把握しているかもしれないが、知っていたとしても、そんな核心的な事柄を他人に話すことはないだろう。『忘却』という彼女の能力の核であり、白雪という能力者の心の部分――まさに、核心。その存在の、心の核たる部分。

全てを忘れさせ、何もかもを忘れていく死神は、何を想い、願い、祈ったのか。

そんなことをふと、珠子は考える。

考えるほど虚《むな》しくなると理解しているはずなのに。

強い感情が能力になる。ならば元となる願いは、決して叶うことのないものか、叶ったところでどうしようもないものと相場は決まっているからだ。

‡

白雪に遭遇した旨をメールにしたため、未練へと送る。

「『白の死神』が動く理由に心当たりはないですか?」とも書いておいた。どうせはぐらかされるだろうが、一応だ。告げていないということは、未練も知らなかったか、知っていた上で言わなかったかのどちらか。どちらにせよ良い回答は望めまい。

「さて。問題は動機、か……」

独り言ち、珠子は十三《じゅうそう》の駅舎を出る。

阪急十三駅は阪急三つの本線、即ち京都線、神戸《こうべ》線、宝塚線が集結する駅であり、常に人の気配が絶えない賑やかな場所だ。初めて訪れた際は珠子も「随分と騒がしい場所だな」と思ったものだが、人にせよ建物にせよ、混雑具合は川向こうにある梅田に比べれば可愛く感じられてしまう。

梅田駅周りが経済都市としての「大阪」だとすれば、ここ、十三周辺は下町然とした街並みで、都会であることは変わらないのに、何処か親しみやすさを覚える。一方で、駅西側にはキャバクラや風俗店が立ち並ぶ、夜の街が広がる。人情味という温かさと無関心という冷たさが同居する雑多さもまた、大阪らしさかもしれない。

大通りを越え、風俗街へ。

目指すは柚之木が発見された場所だ。

……標的に関しては健忘症を患っていても問題ない。手帳に書いておけばいいだけだから。でも、動機に関してはそう単純じゃない。

歩みを進めつつ、考え続ける。

失われ続ける現在の中で、過去からのメッセージを手掛かりにしながら、それでも事件を起こす理由が分からない。つまり、動機がだ。

あの白やかな少女がどういった性格なのかは知らない。しかし、一日しか記憶を保持できない状態で、複数人を襲うのは相当な手間のはずだ。事件内容からして、疑われることも分かっている。それら全てを承知の上で、犯行に及ぶような動機。その見当が付かないのだ。

「無関係に思えた被害者達は繋がっており、大規模な反乱を起こそうとしていた」

「それを知った『白の死神』は彼等の能力やテロ計画の記憶を奪うことで事件を未然に防いだ」……。

有り得そうな筋書きだが、同時に、これだけは絶対に有り得ないと断言できる。白雪は『白の部隊』の幹部。第零特別捜査機動隊の隊長である。相手がテロリストならば対処して責められることはない。それが仕事なのだから。加えて、わざわざ犯行を隠す必要もない。対能力者機関の平常運転だからだ。

スパイ小説のように、既に組織の中枢までもが敵の手に落ちており、白雪は裏切り者の汚名を被《かぶ》る覚悟で対立した、ならばどうだろう？　……更に有り得ない。彼女が組織を離反していたならばその可能性もあるだろうが、白雪は今現在も第零隊の隊長である。流石《さすが》にこの状態で、「裏切り者を粛正している」という想定は無理がある。

やはり、彼女は犯人ではないのだろうか？

なら柚之木の元に向かったのは捜査の一環か。事件を調べているのだとすれば、被害者に話を聞こうと考えるのは普通。少なくとも、犯人が襲った相手の面会に行く、よりは理解しやすい。

こう考えていくと、最終的には当初の疑問へと戻ってくる。

彼女には何故、事件という確信があるのか。

事件だとしても、彼女が動かなければならない理由は何か。

と。

「……っと、すみません！」

曲がり角での衝突を寸前で回避し、頭を下げる。

昼間の歓楽街、それも、表通りからは死角になっているような裏路地だった。向こうの通りにあるキャバクラへの近道として、使う人間がいるかどうか、というような場所である。まさか人がいるとは思わなかった。

その認識は向こうも同じだったようで、「私こそ……すみません」と、ぼそぼそとした謝罪が返ってきた。

小柄な少女だった。珠子と同年代か。化粧をしていないが為に幼く見えるだけかもしれない。水分が足りていない黒髪はうなじ付近で一つに纏められており、折角の大きな瞳も、伏し目がちな所為《せい》で台無しになっている。

……こんな子が、風俗街の、しかも裏道に、なんでいるんだろう？

珠子が率直な疑問を抱いたその時、答えが少女の口から告げられた。

「あの……。いきなり、すみません。この人を見たことありませんか……？」

化粧っ気のなく、垢抜《あかぬ》けない少女が取り出したのは一葉の写真だった。

ポートレートの主役は如何にも快活そうなショートカットの女性だった。観光地で撮られたものらしく、着ぐるみのゆるキャラに抱き着き、満面の笑みでピースサインを作っている。

この子とは正反対のタイプだな。そう思う一方で、涙袋のある目元や形の良い唇は少女とよく似ていた。

珠子は写真を返し、答える。

「いえ、覚えがないですね」

「そうですか……。すみません、お手間を取らせました。もしかしたら、と思ったんですけど……」

「もしかしたら？」

頷き、黒髪の少女は言った。

「こんな人気のない場所に来る人なら、何か知ってるかと思って……。この辺りで変な事件が起きたって噂も聞くし。だから、訊ねて回ってるんです」

どくり、と心臓が跳ねた。

それは、まさか。

「……あの。何か、あったんですか？」

少女は問いに答えることに、随分と悩んだようだった。

しかし、やがてこう言葉を紡いだ。

「この写真に写っているのは私の姉です。『今里つきよ』と言います。今は行方不明になっていて……それで、」

人を襲っているかもしれないんです、と。

少女——今里まひるは、痛切な苦悩を滲ませ、語ったのだ。

‡

古びた欄干を背もたれ代わりにした椥辻未練は、通り過ぎていく無数の人や車両を眺めていた。

梅田新歩道橋の一角である。相手にもそう伝えたのだが、待ち合わせ場所にしては少しばかり、不親切だっただろう。向こうはこの辺りの人間ではないし、地元の人間にしても「梅田新歩道橋」だなんて名称は知らない方が多数派かもしれない。

ただ、大阪北区の駅を利用する人間で、その存在を知らない者はいない。最早《もはや》、大阪駅、大阪梅田駅、梅田駅と、鉄道駅が密集した地帯にあるその歩道橋は、何処と何処を繋ぐ陸橋であるのか、また何処へは行けない道なのか分からない。JR、阪急、阪神のそれぞれの駅を結ぶ連絡通路なのかと思えば、何故か高層ビルにも突き刺さっていたりする。「歩道橋」である以上、車道を跨《また》ぐ歩行者用道路であるのは間違いないものの、一般的にイメージされるそれとは全く異なった建築物だった。歩道橋の上だというのにパフォーマーや客引き、路上生活者を見掛ける、と言えば、広さは伝わるだろうか。

複雑なのが、この梅田新歩道橋だけではなく、梅田全てなのだから始末に負えない。すぐ傍らに存在する駅舎への入り口には、ネオン管で作られた「梅田駅・三番街・17番街」との文字列がある。ここに来る度に未練は思う。「どっちなんだ」。

やがて未練の隣に立った少女は、ごちゃごちゃした街ですね、と呟いた。

「私はもう少し、静かな場所の方が好きです」

「それは申し訳なかった。けど、こういう場所の方が、逆に安心できるんじゃない？　僕はそのタイプだな。同意してくれてもいいし、してくれなくてもいいけど」

高層ビルが立ち並び、狙撃に使えるポイントは数え切れない。駅を利用する群衆に交じってしまえば、たとえ人を殺したとしても逃げるのは容易い。

けれど、こんな都会の中心で事件を起こせば、表の警察も総力を挙げて検挙しようとするだろう。人波に紛れれば犯行時の逃走は楽であろうが、無数の監視カメラのどれにも映らぬルートで逃げるのは至難の業だ。しかも、風景写真を撮るお上りさんや自撮りをするカップルのスマホのカメラも避けなければならない。

こんなところで暗殺を試みるのは、相当の馬鹿か、自信家だ。

少なくとも椥辻未練はそう思っていた。

「はい。……ですが、あなたのことですから、自分を狙うような計画は真っ先に察知できるようにしている、その動きがない、故に今は安全だ、という判断が大きいのではないですか？」

笑って、未練は返す。

「よくお分かりで。僕は臆病だからね」

「はい。でも、臆病者の方が長生きできると聞きます」

「君はそんな感じでもないけれど、安心していい。『夢見る死神』を殺そうという動きも、僕の耳には入っていない」

安心してくれなくてもいいけれど、といつもの風に続け、視線を隣に遣る。

端麗な少女だった。しかし、何故か不気味でもあった。北欧の地獄を思わせる横顔は美しさと恐ろしさが同居している。アシンメトリーな前髪に、後頭部の髪だけが長い一つ結び。そして、左目の翠眼《すいがん》。

魔眼使いの犯罪結社『フォウォレ』の一員、ノレムだった。

「どうして僕のメールアドレスを知っていたのかは訊ねないでおくよ。後でセキュリティーは見直すけれど」

「はい。でも、どうせ沢山ある内の一つでしょう。削除するのではなく、私との連絡用に残しておいて頂けると嬉しいです」

考えておくよ、と応じ、続ける。

「さて、用件は何かな？　これでも僕は結構、忙しいんだけど」

「『夢攫い』のせいで、ですか？」

「よくご存知で。やれやれ、何処から漏れたんだか」

「あなたが情報を流したのだと思っていましたが。単に緘口令《かんこう》を敷くよりも、そちらの方が色々と使えると判断して」

能力者にとって、異能を奪われることは、代償を知られることより致命的だ。「能力を奪う何者かがこの辺りをうろついている」と聞けば、多くの者は息を潜め、事態を静観する。能力を使った犯罪は減ることになるのだ。

単に「治安が良くなる」というだけではない。例えば、栁辻未練のみが事件の全容を把握していたとする。その場合、能力者の中で未練だけが、『夢攫い』へ警戒する必要なく動くことができる。他の組織に対して常に先手が取れる。他者が『夢攫い』に注意を向ける間隙《かんげき》を狙うことで、様々な策を講じることができる、というわけだ。

肩を竦めて、未練は笑う。

「見た目で与える印象よりは優秀なつもりだけど、何もかも手の平の上、ってわけじゃないよ。今回の件にしても、自分だけ全部分かってるとか、裏で全てを操ってるとか、そんなことはない」

「はい。だからこそ、あなたは恐ろしい。十も二十も策を弄しながら、同時に『その中で一つ役に立てばいい方だ』と割り切っている。常に別の計画を走らせていて、複数のオプションがある」

「だから、買《か》い被《かぶ》り過ぎだよ。『どちらでもいい』が信条の僕だけど、過大評価されると気恥ずかしくなる」

「こんな狙撃されやすい所を会談場所に選んだのも、『「栁辻未練の死」を契機となる案』があるからでしょう？」

　自らの全存在を賭けて勝負し、負けて死ぬならそれでも構わない、ということではない。そのような勝負師の燃えるような生き様とは百八十度異なっている。

　そう、「失敗に備えて次善策を用意しておこう」「今回の計画で仕込みが生きずとも別のプランで再利用しよう」と考えるのと同じように、指揮棒を振る自分が倒れることさえも何かの計画に組み込んでしまっている。

　生き残る為に予防線を張るだけでは飽き足らず、自らの死さえも目的に利用してしまう冷徹さ。

　生きていても、死んだとしても、どちらでもいい――――。

　男は暫く黙っていたが、

「……僕は、君の持つ人を見る目の方が余程恐ろしいよ。魔眼よりも、余程」

　そう返すに留めた。

　それが本題に戻す合図となったか。

「結局、今日の用はなんだったの？　『夢攫い』の件？」

「はい、でもあり、いいえ、でもあります。その事件についても話を伺おうとは思っていますが、本題はそう――『Ｃファイル』です」

秋風に綺麗《きれい》な髪を靡《なび》かせて、ノレムはそう言った。

――――『Cファイル』。

世界的複合企業アバドングループの機密文書であり、その関係する人物や団体の多さを鑑みれば、「国家機密」と呼んでも差し支えない極秘資料。その内容は「超能力者の素質がある子ども達のリスト」だとされている。

三分割されたファイルは、クルーズ船シェオル・ロイヤルブルーの騒動で揃《そろ》い、そして、夜の海へと消えた。

「君はあそこにあったフロッピーディスクが偽物だった、と？」

「いいえ。そうは言いません。ただ、あれで全てが終わったという楽観的な見方はしていないだけです。あなたもそうでしょう」

何らかの異能の効果によって、データは解析できないようになっていた。全ての欠片を集めなければ中身を知ることができない。そのはずだった。だからこそ、ファイルを巡って戦いが起きていた。

だが、あの船での取引に、アバドンの人間は来なかった。

これが何を意味するか？

アバドングループは他の勢力に奪われるくらいならば葬り去った方が良いと判断した……。そう推測することもできるが、これはノレムの言葉を借りるならば、「楽観的な見方」だろう。

何せ、

『Cファイル』を造ったのは他ならぬアバドン。バックアップの一つや二つ、あってもおかしくはない。元のデータが保管されていても、不思議ではない」

むしろこちらの方が「船ごとファイルを破壊する」という選択の説得力がある。

自分達はリストの中身が分かっている。流出してしまったフロッピーディスクを海の藻屑《もくず》にしたところで、得はしても、損はしない。ファイルを狙う人間への警告にもなり一石二鳥だ。

アバドンの使者が、何故、シェオル・ロイヤルブルーに訪れなかったか。

その理由は、「元データやバックアップを持っていたから」ではないか？

「……筋は通るよね。あんまり考えたくはないけど」

言って、栁辻未練は空を仰いだ。

そんな可能性はとうの昔に検討を終えている。その可能性が高いことも重々承知していた。その上で、犠牲を払ってでもファイルを葬ることを選んだ。

元々アバドンがリストを有しているとしても、危険性は今までと変わらない。流出した機密が隠滅されただけだからだ。それよりも、『Cファイル』が公安やCIROーSではない勢力に渡る事態を避けるべきだ。そう判断したのだ。

鞄《かばん》からミネラルウォーターを取り出した未練は、隣の少女に問い掛ける。

「でも、なんでそんなことを、今更？」

「鳥辺野弦一郎《とりべのげんいちろう》」

「！」

「彼が怪しげな動きを見せています」

正確には彼に付き従う双子がですが、と付け加える。

鳥辺野弦一郎。元私立大学准教授であり、『フォウォレ』に所属する能力者。

今夏、私立R大学で起きた連続不審死事件の黒幕であり、それ以外にも犯罪教唆を始めとし、無数の事件に関与したと思われる凶悪犯。人の持つ歪《ゆが》みを読み取り、行動を巧みに操ることで破滅させるその手法は、悪魔的だと言えるだろう。

魔眼遣いの組織に属しながら、「認識されない」という、魔眼を無効化する能力《ギフト》の持つ彼だが、その行方は杳《よう》として知れず、公安内では海外逃亡説も囁《ささや》かれていた。

「あの人が動いている。それだけで、あまり好ましくない状況になっていることは分かります。ファイル絡み――いえ、その中身である、リスト絡みかもしれない」

「そうかもしれないね。でも、それを僕に伝えて、君にどんな得があるのかな。耳寄りな情報を教えてくれるのは嬉しいけれど、裏がないかと警戒するよ。取引をしているだけで、友達じゃないんだからさ」

「私は弦一郎さんが好きではないんです。それでは理由になりませんか？」

端的で、簡潔な理由だった。

元よりフォウォレは協力や協調とは無縁の組織だ。「何をすべき」という規範もなければ、「何をしてはいけない」という規律もない。魔眼遣いの、ただの集まり。ならば、ノレムの行為も「裏切り」とも言えないのだろう。

恐らく、直接人を殺めた数は、鳥辺野弦一郎よりもノレムの方が余程多い。だが、『夢見る死神』が主に殺すのは死を望む者、即ち、自殺志願者だ。彼女の存在は「この世に絶望しながらも死に切れない際には少女姿の死神が現れる」という都市伝説として広まっている。自殺幇助《ほうじょ》の死神。彼女に救われた者も多い。

対し、弦一郎は「他者を誑《たぶら》かし、殺させる」。自殺願望を持つ人間の手助けをしている死神と、人間の破壊衝動を暴走させる悪魔。同じ条理の外のモノだが、決して相《あい》容《い》れることはない。

栁辻未練は思う。「この子は本質的な部分で善良なんだろう」と。

ただ、その優しさが、酷《ひど》く歪なだけで。

絶望したまま生きるくらいならば死んだ方が幸せだ――。

そう考えているだけで。

「他人が不幸になるのは、見ていられない、か」

「はい。……不幸を見るのを好きな人間がいますか？」

いっそ間抜けなほどに不思議そうな表情をするノレム。

浮世離れした無垢《むく》さ。否、現世離れした、だろうか。その純粋にも、やはり美しさと恐ろしさが同居していた。

「他人の不幸は蜜の味、って言葉もあるけどね」

「はい。ですが、そう感じる人間は人間ではなく、悪魔でしょう」

「じゃあこの世は悪魔だらけだな」

そんな冗談にもならない文言を口にして、飲料水で喉を潤す。

ペットボトルのキャップを閉め、話を戻そうとしたその時、懐のスマートフォンが震えた。目敏《めざと》く気付いたノレムは「どうぞ」と一言。言葉に甘え、携帯端末を取り出す。着信ではなく、メールが一通。

急ぎの用でもない。今、返信する必要もないだろう。

「『夢攫い』の件ですか？」

「まあ、そうだね。部下から、『白の死神』についての質問。あと、」

一拍置いて、続けた。

「……『戻橋トウヤ』という名前に心当たりはないですか、だってさ」

「はい。どう答えるんですか？」

「適当に答えるよ。正直に言ってもいいし、嘘偽りを並べてもいい」

怪訝《けげん》そうな翠眼には「他人の不幸を楽しんでるわけじゃないよ」と応じておく。

下手な受け答えをすれば、この死神に殺されかねないからだ。

‡

「今里まひる」。

十九歳。女性。短大生。大学では幼児教育を学んでいる。

生まれは大阪であり、幼少の頃に地方に引っ越したが、大学進学を機にこちらに戻ってきた。今は淀川区内のアパートで一人で暮らしている。両親は、いない。本人曰《いわ》く、「複雑な家庭だった」という。

そんな彼女の親代わりと言える存在が、双子の姉である「今里つきよ」だった。

「お姉ちゃんは私と違って、強くて、優しくて……。小さな頃からずっと、私を守ってくれていたんです。私が通っている短大の学費も出してくれていて。自分は進学せずに、昼も、夜も働いて……」

自分の生活費は自分でどうにかするからと、当初はまひるも主張していた。温厚、というよりも奥手で気弱な彼女も、この時ばかりは強く反発したという。自分のことを想ってくれるのは嬉しいが、姉は姉の人生を生きて欲しい、と。

しかし、そのことについて話すと、姉であるつきよはこう言った。

『勉強はてんで駄目な私が、無理して大学に行く必要もないでしょ？』。

『まひるにはずっと家事をやってもらってるし、お互い様だよ』。

そうしていつも最後には、「私はお姉ちゃんなんだから」と、笑ったのだ。

「……そんな姉は少し前に、いなくなりました」

彼女の姉、『今里つきよ』は、三ヶ月ほど前から消息不明となっている。職場にも何も説明がなく、二人が暮らすアパートに私物が残っていることを踏まえると、事件に巻き込まれた可能性が高い。今も失踪者として捜索が続いている。

だが、彼女は知っていた。

「姉は襲われたんです。私を守って」

「あなたを……守って？」

「はい。人気のない夜道を歩いていた時でした。姉からは、『最近は物騒だから夜に一人で出歩くのは避けるように』と言われていたのに、友達の家に忘れた財布を取りに行って……。その時、突然、見知らぬ男の人達に囲まれて……。身動きが取れないほど怖くて、恐ろしくて……！」

まひるは瞳を潤ませながら続けた。

「でも、その時にお姉ちゃんが来てくれたんです。私が部屋にいないから心配して、探しに来てくれたんだと思います。私と男の人達の間に割って入って、私を逃がそうとしてくれました。でも、その人達は遂《つい》に暴力に訴え掛けてきて……。私も、後ろから殴られて、倒れて……」

彼女が最後に見たのは、それでも臆することなく、果敢に抵抗を続ける姉の姿だったという。

今里まひるが目を覚ましたのは病院のベッドの上だった。

通りすがりの大学生が道端で倒れている彼女を見つけ、救急車を呼んだらしい。担当の医師に姉について問い掛けるも、返答は「運ばれてきたのはあなた一人だけ」というものだった。まひるを見つけた大学生も他には誰もいなかったと語り、警察もすぐに現場を捜査したそうだが、結局は何も見つけられなかった。

諍《いさか》いの声や不審な物音を聞いた近隣住民もいない。やがて、病院にも警察にも、「襲われたショックで記憶が混乱しているのではないか」とやんわりと告げられた。

それでも、つきよが失踪しているのは事実なので、「今里つきよはその男達に拉致されたのでは？」と考えている捜査関係者もいるらしいが、つきよはまひるが襲われる前日から仕事を休んでいる——失踪しているのだ。

これでは辻褄《つじつま》が合わない。

「今里まひるが誰かに襲われたこと」。これは彼女の後頭部に殴打痕が残っていた以上、間違いがない。客観的な事実だ。

「今里つきよが姿を消したこと」。これも事実である。攫われたのか、それとも誰かが匿《かくま》っているのかは分からないが、今里つきよは現在、消息不明である。

だが、「見知らぬ男達に襲われたまひるをつきよが庇い、拉致された」。これはただの推測である。前述の二点と矛盾点はないが、根拠となるのは、まひるの証言、ただ一つのみ。事実かどうかは疑問だ。

まひるが襲われたことと、つきよが姿を消したこと。この二つは全く別の事件であるとも考えられる。

例えば、こうだ。「今里まひるが襲われる前日、若しくは数日前、今里つきよは家を出て行った」「姉がいなくなり、落ち込んでいたまひるは、更に悪いことに通り魔に後頭部を殴られてしまう」「目が覚めた彼女は精神的な動揺から、『助けに来た姉が攫われた』というストーリーを作り上げた」……。彼女にとっては残酷だが、こんな想像もできてしまう。それが真実かもしれない。

しかし、少なくとも今里まひるは、「姉が自分を助けてくれた」と考えていたし、だからこそ、当初の言葉に繋がるのだ。

姉が人を襲っているかもしれない、という懸念に。

「姉は復讐《ふくしゅう》をしているんだと思います」

言って、「もしかしたら私を守ろうとしているのかもしれません」と続けた。

「姉は私に乱暴をしようとした人達に復讐する為に姿を消した……。そうして、探し出して、襲い続けてるんです。二度と、私が傷付けられないように」

だとしたら、自分が止めなければならない。

自分の為に人生を投げ捨てさせるわけにはいかない。

「だから何か分かったら、是非教えてくださいね」

ベンチに座り、事の次第を語ったまひるは、勢い良く立ち上がると笑顔を見せた。

二人が話していた公園は、奇《く》しくも、夢攫い事件の二人目の被害者が見つかった場所だった。

‡

まひると別れた珠子は、すぐにＣＩＲＯ-Ｓ関西支部で待機しているはずの相棒へと電話を掛けた。惰眠を貪っていたらしい束は、なんだかんだと文句を垂れていたが、やることはやってくれていたようで、珠子が執務室に到着した時にはもう資料が揃っていた。

ソファーに寝転がったまま、加えて、スマートフォンから視線を動かさないままに、束は言う。

「……データ。ミレンの机のＰＣに表示してあるから」

「束さん。あれは椥辻監察官用のパソコンでしょう？」

「細かいなー、タマコは。どうでもいいじゃん、そんなこと。公安やＣＩＲＯ-Ｓのデータを調べるならアレが一番早いんだから」

「どうでもいいことって……！　まあ、頼んだのは私ですしね」

監察官も「部屋の物は自由に使ってくれていい」と言っていたはずだ、と心の中で自己擁護を行いつつ、液晶の情報に目を通す。

そこには珠子の予想通りの内容が記されていた。

「で、誰なの？『今里まひる』って。能力絡みの事件に巻き込まれて記憶処理された、って書いてあったけど」

パズルゲームをしているらしい綿菓子頭の問いには、今から説明します、と返しておく。

少女の話を聞き、珠子が真っ先に考えたのが、「彼女達《かのじょ》は異能絡みの事件に巻き込まれた」という可能性だった。そう仮定すれば、全ての疑問に答えが出る、と。

まひるが襲われたことは事実。けれども証言も証拠も少な過ぎる。それもそのはずだろう。被害者であるまひるを始めとし、第一発見者や近隣住民等、あらゆる人間の記憶が消されていたからだ。『白の死神』の手によって。

今里まひるを襲った犯人、正確には、犯人グループの一人は、能力《ギフト》を有しており、公安の調査対象だった。異能が絡む事件は、ＣＩＲＯ－Ｓや公安のような対能力者機関の構成員によって、ありとあらゆる証拠隠滅がなされる。『超能力』という現代社会に存在してはならない、国家の秘奥を秘のままにする為に。

彼女は通り魔的に殴打されたのではなく、認識通りに、複数人に襲われていた。ただ、その犯人グループの一人が異能者だった故に、『白の部隊』が事件の隠滅を図ったのである。

犯人達が使用していたバンを隠し、凶器を処分し、争う声を聞いた人間の記憶を消した。無論、犯人達も処理済。担当が『白の部隊』第零部隊なので詳細は分からないが、まひるの記憶も異能に関するものは消されているのだろう。

そうすることで、「異能者が絡む複数犯の事件」を「ただの通り魔事件」に偽装した。

「ふーん……。まあ、よくある話ね」

身体を起こし、束は欠伸《あくび》交じりに冷蔵庫へと向かう。

「その手の話――『異能絡みの事件を公安が隠蔽した』って事件で、失踪した人間がいると、大抵は二つの内のどちらかだ」

一つは、重度の火傷《やけど》や四肢欠損等、何の変哲もない事件として誤魔化すには重過ぎる被害を被《こうむ》っていたパターンだ。

ただの傷害事件で手足が千切れることは有り得ない。一旦失踪させ、治療を進めながら、「そのような大怪我《けが》を負っても不思議ではないシチュエーション」をでっち上げ、その状況で発見されたことにする。

「そこまでの被害じゃなくとも、現実にはあまり起こらない事態、『視力という概念を奪われて目が見えなくなった』みたいな妙な状態に陥った奴も、表向きは失踪させることが多い。能力者を殺して、能力を解除させれば元に戻ったりするから。で、もう一つが、」

かち割り氷を口へと放り込み、続けた。

「残念無念、能力者に殺されちゃった場合だ」

どちらかと言えば、こちらのパターンの方が多い。

何かしらの異能によって身体を縦に両断され、殺された人間がいるとする。犯人は公安で対応するにしても、問題は被害者だ。「肉体が真っ二つになっていても不自然ではない状況」を造り出すよりも、単に失踪させ、遺体の状態で見つけさせた方が隠蔽が楽なのだ。

尤も、こういった処理が間に合わないこともあり、世間を騒がせる不審死や変死体の内、何人かは能力者に殺された人間だ。

「今回の場合、少なくとも公安第零特別機動捜査隊としては『死亡』と判断したようです」

「でも、生きていた？」

「……私はそう考えています。あるいは、生き返った、かもしれません」

そして、その死んだはずの今里つきよこそが──『夢攫い』なのだ。

雙ヶ岡珠子はそう推理していた。

束は言う。

「公安にはさー、『消失点《バニシング・ポイント》』だなんて呼ばれてる能力の持ち主がいてさ。ソイツは人でも物でも何でも消しちゃうんだけど、実際は一定範囲内にワープさせてるだけなんだよね。そんな風に、一見すると殺したように見えても実際は死んでない、ってこともあるし、だから、ゼロ隊の判断が間違ってた、って可能性もなくはない」

しかし、仮に今里つきよが生きており、『夢攫い』の正体だったとして、別の疑問が出てきてしまう。

犯人達は公安によって捕縛されたらしい。能力者絡みの犯罪者専用の刑務所に収監されているのだろう。なので、「姉は自分を狙った相手を襲い続けている」というまひるの予想は的外れとなる。

ならば、『夢攫い』は何を目安に、誰を襲っているのか？

「これも予測に過ぎませんが、『夢攫い』が有する能力の元となった感情は、『能力者への憎悪』なのではないでしょうか」

「妹を犯そうとした能力者に深い憎しみを抱き、それが能力を奪う異能になったってこと？」

「その通りです。『夢攫い』は能力者を区別していないのでしょう。異能を持つ者やその素養がある人間を、端から襲っている」

あるいは。

区別出来ていない、だろうか。

錯乱状態に陥っており、相手が能力者だということは分かっても、「それが誰なのか」に関しては考えが及んでいない。能力《ギフト》を制御できなくなる、という代償はメジャーな部類だ。意思に反して力を使ってしまう、能力使用時に正気を失う、等々、形態は様々なれども、これらは全て「能力を制御できない」という類の対価だ。

かの『悪《あ》しき眼の王』ウィリアム＝ブラックもそうだった。彼は魔眼をオフにすることができなかった――制御できていなかったのだ。

「なるほどね。能力者への憎悪が根底にあるんだとしたら、能力の気配みたいなモノを辿《たど》れる異能であったとしても不思議じゃない。で、その力で能力者を見つけ出し、襲ってる、と」

この推理が正しいならば、「何故白雪が動いているか」も自然と答えが出る。

責任を取ろうとしているのだろう。まひるが襲われた事件を担当したのは白雪が隊長を務める第零部隊だ。『今里つきよ』は死んだ、と誤った判断を下したのも、彼女ということになる。

ならば、自分の手で始末を付けなければならない。そう思ってもおかしくはない。それは今里まひるが「自分が姉を止めないといけない」と考えるのと同じように。

「この推測で概ね正しいと思いますが……。問題もあります」

「問題？」

頷き、珠子は続けた。

「標的は能力者、あるいはその素質がある人間、というだけで、『夢攫い』が次に狙う相手の見当が全く付かないんです。現状、捕まえる方法がありません。能力を有する者の中でも、特にこの人間を狙う、という基準があれば良いのですが……」

あるいは、まひるのように、地道な聞き込みを続けるしかないのだろうか。

解決の糸口は摑めずとも、事件解決へと前進したことは事実だ。それだけで十分な収穫だと自身を納得させ、珠子は本日の捜査を終えることにしたのだった。

‡

ありがとう、と一言告げ、椥辻未練は電話を切った。

相手は公安警察『白の部隊』の友人だ。予想通りに白雪は休暇を取っており、親しい人間も行く先は知らないという。「何かを感じ取ったかな、『白の死神』さんは」。

ビジネスホテルの窓から見える夜景を眺めながら、心の中で問い掛けた。

椥辻未練は元より、この『夢攫い』の一件が白雪が起こしたものだとは考えていなかった。つゆも考慮していなかったと言えば嘘になるものの、彼女が犯人の可能性は極めて低いと思っていた。

それは白雪の性格を多少なりとも理解しているからであり、『白の死神』の実力ならばわざわざ深夜に襲う必要はないという実力を踏まえての判断であり、「三人目の被害者が出た夜に同じ任務に就いていた」という単純な事情でもあった。

だが、同時に無関係とは全く考えていなかった。

『夢攫い』の噂が出始めた直後から、白雪は不審な動きを見せていた。何か、心当たりがあったのだ。行動を伝え聞くだけでそのことは分かった。

……白雪さんは重要だと思ったことを手帳に書き留めている。仕留められていない敵の能力、裏切った味方の名前、興味を持った事柄……。彼女は『夢攫い』の存在を知った段階で手帳を捲り、事件に繋がりそうな過去を見つけ出した。

今日の自分には存在しない記憶。

けれど、その日の自分が残した記録。

未練と白雪は同じく『白の部隊』執行隊の隊長である。そして、隊長同士では任務の経過も秘匿される。早い話が、未練は白雪がどういった事件に対処し、どんな判断を下したのか分からない。

しかし、今現在の白雪の行動を見るだけでも分かる。

彼女は『夢攫い』を探している。

自分が解決しなければならないと思っている。

……あの人の性格を踏まえれば、「私がケリを付けないといけない」と思う事態は幾つかに絞れる。手帳を見れば一発なんだけど、見せたがらないし。

かと言って、彼女から奪うわけにもいかない。否、奪えない。白雪の異能は「手帳を記憶を奪う剣に変える」というもの。彼女が中身を他人に見せない以上、『白の死神』を正面から打ち倒し、能力が解除された状態にしなければならない。そんなことは『不定の激流』たる椥辻未練でも不可能だ。

それは同時に、『白の死神』ならば、大抵の相手にはまず負けない、ということでもある。『夢攫い』の子細な能力は分からないが、戦いになれば後塵《こうじん》を拝すことはないだろう。

けれど、それは、戦いになれば、の話。

戦いにならなければ武力に意味はない。

あの時、珠子や束に語ったこと。適性の問題だ。白雪は、その能力と実力から、異能者との戦いやその事態の収拾にはこれ以上なく向いているが、その前段階、「事件を調べる」「黒幕を探し出す」という部分を苦手としている。

普段ならば、それでも構わないのだ。そういった地道な作業や小細工は得意な人間がやればいい。椥辻未練もその一人である。適材適所だ。

ただ、恐らく今の白雪は責任感で動いている。「自分で解決しないといけない」という意識がある以上、未練を頼ることはないだろうし、協力を申し出たところで断るだろう。そういった律儀で堅物な部分がある人間なのだ、彼女は。

雙ヶ岡君が動くことで少しでも事件が解決に近付けばいいんだけど、と。そうぼんやりと考えていた時、スマートフォンが震えた。

電話を掛けてきたのは、件《くだん》の雙ヶ岡珠子だった。

要点を押さえた報告は僅か数分で終わった。未練としては、さして新しい情報もなかったのだが、珠子が今里まひるとの繫がりを持ったことは朗報だった。探す対象が定まれば、後は楽なものだ。やり方は幾らでもある。数日もしない内に相手を見つけることができるだろう。

『ところで、監察官』

「何かな？」

『メールでもお訊ねしたことなのですが、病院で彼女は「戻橋トウヤ」という名前を呟いていました。事件に関係がありそうな人物なのでしょうか？』

ああ、そのことか。

あくまで平然と、予《あらかじ》め用意しておいた答えを口にした。

「『破滅の刑死者』――そう呼ばれた能力者で、ファイル関係の功労者だよ。今回の事件には何も関係ないだろう」

そうして未練は、君自身には関係があるけれど、と心の中で付け加えたのだった。

夢の中にて夢を見る

互いを見つめる荒野の獣、違いを見つける双生児
永遠に続く白昼夢、出来損ないの夜想曲
零れ落ちるは涙の雫、砕け散るのは月の破片
ああそうか、私達は、
無様に踊る亡者の群れだ

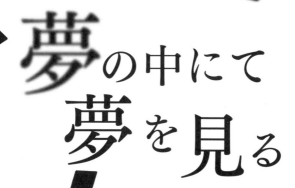

――『夢攫い』の事件が起きる、数ヶ月前のことである。

「ギャンブラーにとって大切なことは何だと思う？」

牌《パイ》を自模《ツモ》りながら、栁辻未練はそう問い掛けた。

任務とも呼べないような、些細な仕事の後のこと。折角だからと少年を麻雀《マージャン》に誘った。深い理由はない。たまたま、すぐに卓を囲める状況だったので、流れで何局か打つことになった。強いて理由を挙げれば、少年と賭博で勝負してみたかったから、になるだろうか。

未練と、その少年と、未練の知人である内調の青年の三人しかいなかったので、サンマ――三人麻雀だった。抜きドラありの、二萬《リャンワン》～八萬《パーワン》抜き。それ以外は四人打ちと同じルール。三麻には幾つか種類があるが、少年も「それでいい」と応じた。ただ、点数計算が出来ないので代わりにやって欲しい、と。

ギャンブラーの少年は北を抜きながら訊き返す。

「それって、『博徒として生きていく上で大切なこと』って意味？　それとも、『賭博に勝つ為に大切なこと』って意味？」

「その二つは違うと思うのかな」

「違うんじゃないの？　ねえ？」

何故か彼は、下家《シモチャ》に座っていた青年に話を振る。

内調の事務屋である男は、水を向けられるとは想定していなかったようで、答えるべきか迷ったようだった。「中在地《なかざいじ》さんもそう思うかな？」と未練に改めて問われることで、頷き、答えた。

「違うんじゃないですかね。賭博で生計を立てていくのなら、勝つべきではない局面も出てくると思うので……。通常の勝負ならいさ知らず、一敗地に塗れるような状況で、それでも約束を守る人間なんて少数派でしょうから」

数千円、数万円の賭博ならば、取り決め通りに金を払うだろう。だが、これが数百万、数千万、あるいは数億や人の命が賭けられているとなると、ちゃぶ台返しを試みる者の方が多いのではないだろうか。

自身が捕まることを承知で警察に助けを求めたりして、どうにかして反故《ほご》にしようとする。ならば、そんなギャンブルは元より挑まない方が良いだろうし、鉄火場に腰を下ろすことになっても、それとなく負けた方がいい。

最悪、殺されることも有り得るのだから。

何も得られず、命を落とす。これ程馬鹿らしいこともない。

リーチ棒を置きつつ、中在地と呼ばれた青年は続けた。

「賭博をしない人間からすれば、『ギャンブラーにとって大切なことは何か』と問われても、答えは『ギャンブルをしないこと』になりますね。普通に生きてたって運否《うんぷ》天賦《てんぷ》で人生が決まってしまうような局面があるんだから、余計なリスクは増やさない方がいい」

ギャンブルの必勝法とは、「ギャンブルをしないこと」。

使い古されたジョークだが、真理だった。パチンコでも競馬でも、麻雀でもポーカーでも、その以外のありとあらゆる賭博でも。ほとんどの人間はトータルで見れば負けるのだ。ならば、銀玉や馬券を買う金銭を貯金した方が良いだろう。

勝てるかどうかが分からないからこそギャンブルであるが、その賭ける金を銀行に預けておけば、数百円、数千円程度の利益は確実に出る。

「人生自体が賭博みたいなものだー、って考えには僕も同意するけれど、同じギャンブルだからこそ、人生も半荘《ハンチャン》勝負も同じだと思うな。ただ負けないことを考えていると、どんどん曖昧になってくる。生き方も、打ち方も」

言って、少年は危険牌を躊躇《ためら》いなく切り飛ばす。追っ掛けリーチ。

通る、という確信がある打ち筋ではない。リスクは関係がない。「この手と心中する」と決めた打ち方だ。不合理で、不条理。芯の部分が愚かで、狂っている。だからこそ、常人には分からない。図れない。

「だから、僕にとって『賭博に勝つ為に大切なこと』はたった一つだよ」

「……その一つとは？」

未練の言葉に、笑って、少年は答えた。

その瞳に『正しさ』や『善さ』とは無縁の――無縁であるが故に美しい光を宿し。

「――『自分で在り続けること』」

自らを信じ、その生き方を曲げないこと。

それが少年の思う『賭博に勝つ為に大切なこと』であり、『生きる上で大切なこと』。

数巡もせずに少年は青年の跳ね満に振り込んだ。第三者から見れば、この局は少年の負けになるのだろう。けれども、彼は気にしない。相手のリーチに怯《おび》え、手を曲げることは自身の打ち方ではないからだ。

ギャンブルが不合理で不条理なモノならば、計算高い人間が勝つとは限らない。愚かしくも輝かしい少年のような人間が、賭博には向いているのかもしれない。

‡

現実と推理小説の最も大きな違いとはなんであろうか？

いや、対能力者機関とフィクションの名探偵の差異、とするべきか。

両者は事件を捜査し、犯人を見抜くという点では共通しているが、後者がトリックや動機までもを推理するのに対し、前者は「事態の収拾」を最優先としている。畢竟《ひっきょう》、CIRO-Sにせよ公安『白の部隊』にせよ、犯人側の事情はどうでも良いのだ。事件解決やその予防の為に有益だから調べているだけで、それ以上の意味はない。

異能力は究極の暗器であるが、能力や代償を見抜かずに勝ててしまうのならば、それらを殊更に推理する必要はないのだ。

そして実際に、「敵が能力を発動する前に先制攻撃を仕掛け、倒してしまう」は能力者との戦いの定跡の一つだ。公安では五番隊が得意としている戦法である。

しかし、今回のような事案の場合、その対処法は取れない。

相手が何処にいて、誰を標的としているのか、分からないからだ。

先の対処法は倒すべき敵の所在が判明している際にのみ有効な手法であって、公安がどれほど強力な暴力を揃えていようとも、その暴力を振るう相手を見つけ出していなければ、どうしようもない。

よって『夢攫い』に関しては、一般の警察と同じような捜査が有効になる。

即ちは、犯人の動機の推理と、地道な聞き込みである。


捜査開始から三日が経過した。

犯人である『夢攫い』の見当こそ付いたものの、捜査状況は芳しいとは言えなかった。『夢攫い』と思わしき者——今里つきよの捜索は難航していた。「一連の事件は今里まひる襲撃事件に端を発したものではないか？」というところまでは進展したが、肝心の『夢攫い』の所在が全く不明のままだった。

だが数日ぶりに関西支部に顔を出した椥辻未練は、呑気《のんき》にこう話す。

『そんなに焦る必要もないんじゃないかな。探す相手が分かっていれば、見つけるのはそう難しいことじゃない。僕はそういうの、得意な方だ』

その上で、珠子にはこれまで通りに捜査を続けて欲しいという。

独自路線で動く珠子が手掛かりを摑めば、それで良し。何の成果も上げられなくとも、未練の人脈を使って詳細を探るつもりなので、それはそれで良し。いつもの通り、「どちらでもいい」のだ。

能力事件の隠滅工作の結果として、今里つきよは失踪したことになっている。元より警察も行方不明者として探している状態なのだ。「その『今里つきよ』なる人物が生きているのならば、近い内に見つかるだろう」——それが未練の判断だった。

後は遊撃隊である雙ヶ岡珠子が、どう動くかだった。

資料を眺めていた珠子は、ふう、と溜息を一つ吐いた。

場所はもう通い慣れた大阪第二法務合同庁舎、その七階にある執務室である。机の上には被害者に関する資料が並べられており、珠子の傍らには、多種多様なチョコレートやスナックバーが置かれている。コンビニで貰ったビニール袋はお菓子の空袋で一杯になっており、作業の長さを窺わせた。

既存の情報から何か得られるものはないかと思い、逸《はや》る気持ちを抑えて改めて資料に向き合ってみたものの、そう都合良く新しい事実が見つかるわけもない。

「一人目、半グレの青年、公安の監視対象。二人目、何の変哲もない大学生……。三人目は高校を卒業したばかりのフリーター。四人目が客引きをやっている若者で、五人目が『白の部隊』の構成員……」

改めて声に出して読み上げてみるが、共通項は見つからない。精々が「大阪市内に住む若者」というくらいか。当然、今里つきよとの繋がりも分からない。

やはり、『夢攫い』は能力者や、その素質のある人間を無差別に襲っているだけなのだろうか？

だとすれば、最終的には囮《おとり》捜査を実施することになるだろう。能力を持つ人間に夜の大阪の街を歩かせて、『夢攫い』の襲撃を待つ。問題は、下手を打てば異能を失いかねない任務にどれほどの人員を割けるかだが、それについてはCIRO-Sの外部監察官であり、『白の部隊』の部隊長である椥辻未練が考えることであろう。と。

「でもさー、タマコも分かってるだろうけど、アタシだってこの一ヶ月くらい、ここら辺にいたんだよねー。何回か一緒に仕事したんだから分かるでしょ？」

ソファーに寝転がったままで、束が口を開く。

最初こそデータに目を通していたが、すぐに「やーめた。向いてないわ、こういうの」と、スマートフォンで暇を潰し始めた彼女。それでも一応、手助けをしなければならないという意識はあるようで、うんうんと唸《うな》る珠子を横目で眺めていたのだ。

「それこそ、あのナントカって議員のところに行ったのも、夜だったし……。一人で家に帰ったけど、何もなかった。能力者の稀少さを考えると、アタシが標的になってもおかしくないはずなんだけど。男ばっかり、って訳じゃないのよね？」

「はい。二人目の被害者は女性でした」

「男に見える、ってカンジでもなく？」

「そこの写真で分かるように、ロングヘアーですね。髪が長いからと言って、女性だとは限りませんが……。そんなことを言い出せば、裸体になるまでは性別なんて分かりませんから」

心の性別なんてもっと分からないね、と束は引き取って続けた。

珠子は訊いた。

「束さんは、『夢攫い』が狙う相手に共通点があると思っているんですか？」

「まあね。ミステリ的に言うと、ミッシングリンク、ってやつ？　今里まひるって子を襲った奴等《やつら》は捕まってるんだよね？」

「はい」

「じゃあ、その五人が、昔、今里まひるをいじめてた、とか？　ミステリでよくあるパターンのやつね。小さい頃はこの辺りに住んでたんでしょ？」

「それらしい情報は出てこないですね……」

尤も、「そうではないこと」は断言できない。悪魔の証明であるし、それ以前に、全ての交友関係を把握することなど、まず無理だからだ。

「ちなみにさ、今里まひるを襲った奴は、なんでその子を襲ったワケ？」

「それははっきりしています。色恋沙汰です」

主犯格の少年は今里まひると同じ大学に所属しており、告白を断られたことがあったのだという。その逆恨みに乗っかるような形で、仲間達で悪戯をしてやろうとした、らしい。異能を使えばバレないから、と。

話を聞いた束は、「くだらない男達ね」と正直な感想を漏らした。

「姉である今里つきよさんが前日からバイトを休んでいたのは、その計画を噂で聞いていたからのようですね。まさかとは思うけれど、万が一の事があっては大変だ、と」

「いつでも助けに行けるように、って？　いいお姉ちゃんじゃん」

――『小さな頃からずっと、自分を守ってくれていた』。

今里まひるはそう語った。誇張なく、本当にそうだったのだろう。

その感情が狂気へと変わり、暴走しているのだとすれば、残酷としか言えないが。

「……さて。では、そろそろ行きましょうか」

そう言って、資料の片付けを始める。

初耳だ、と言わんばかりの顔で、「何処へ？」と問い掛けてくる朿。確かに説明したはずなのだが、覚えていないらしい。

珠子は嘆息しつつ応じる。

「一人目の被害者の元へ、です」

「行ってなかったんだっけ？」

「何も聞いていないんですね、あなたは……。一人目の被害者と思われる南田《みなみだ》新《あらた》は公安の監視対象です。向こうの許可を得ずに聞き込みを行うと軋轢《あつれき》の元になるかもしれません。なので、監察官が了承を得るまで待っていたんです」

「なら早く行けば良かったのに」

「『今日は三時頃からバーに行くらしい』という情報を聞いていたので、待っていたんですよ!!」

そんなに怒らなくてもいいのに、という呟きは聞かなかったことにする。

これ以上腹を立て、余計なカロリーを消費するのも馬鹿らしい。

‡

阪急十三駅から歩いて数分の場所にあるその飲食店は、一般には夜六時からの営業だが、常連客のみは昼過ぎから利用できるようになっていた。その業務形態が「人情の街」とも呼ばれる土地柄に由来するものなのかどうか、雙ヶ岡珠子は寡聞にして知らなかった。そのような形で営業している店が多いのかどうかもだ。

京都では一見さんお断りの店が未《いま》だにあるらしいが、さて、それは何処で聞いた話だったか。職場も自宅も大阪だ。京都市に行く用事はそう多くはないというのに。

「ところでさ、タマコ。気になってることがあるんだけど」

前を行く束が口を開く。

前を歩いてこそいるものの行く先は把握していないらしい。駅の出口すら間違えていた。

「なんですか？」

「今里まひるって子が襲われた事件は、公安の第零特別機動捜査隊が処理したから、詳しい情報は閲覧できないんだよね？」

「はい。明確に分かるのは、犯人グループに能力者がいたこと、今里つきよを『死亡した』と判断し、失踪扱いにしたということ、その犯人達の対処は第零部隊が行ったということ。つまり、処理の責任者ですね」

「どんな風に襲われたとか、事件現場とかも？」

「はい」

「ふーん……」

立ち止まり、振り返った奇抜な頭の少女は眉間に皺《しわ》を刻んでいた。

「何か、気になることでも？」

「ないわけじゃないけど、いいや。細かな部分は調べていけば分かることだろうし」

淀川《よどがわ》河川公園に程近い雑居ビルにバーはあった。店頭の看板は「ＣＬＯＳＥＤ」になっているが、無視して入れば良いとのことだった。

扉を押して開けると、カランコロンと心地の良い音のドアチャイムが鳴った。店内は薄暗いが、雰囲気は良い。常連客用のランチのものだろうか、食欲をそそる良い匂いが漂ってた。

店長らしきラフな格好の人物は珠子達へと視線を向ける。誰かの紹介だろうか、それとも看板を見ずに入ってきたのかと、考えているのだろう。

助け舟を出したのはカウンターに座っていた若い男だった。

「ご主人、二人は俺の連れだ。良い雰囲気の店だから待ち合わせ場所に使わせてもらったんだ」

店主は納得したらしく、お好きな席へどうぞ、と言い残し、奥に引っ込んだ。

けれど、納得できないのは珠子の方だ。何せ誰か分からない。心情を読み取ったらしく、青年は「ＣＩＲＯ‐Ｓの中在地です。擦れ違った程度のことはあったと思うんだけど」と声を窄《すぼ》めて告げる。

束を見ると、首肯を返される。

「三班の奴だよ。ミレンの知人。ミレンと同じで警察庁出身」

その繋がりか、と得心する。裏の世界の人間と思えないのは、栁辻未練と同じように、あえてそうしているのだろう。銀行の窓口で保険の説明をしていそうな平凡な気配の所為ですぐには分からなかったが、確かに見掛けた覚えがある。

席を勧めつつ、中在地は言った。

「南田新ならそこにいるけれど……。参ったな、バッティングしたか」

「先客がいらっしゃるんですか？」

「フォウォレがいる。奴等については俺よりも雙ヶ岡さんの方が詳しいでしょう」

「え……？　あ、ああ、そうですね」

一瞬間、「何故私が魔眼遣いの犯罪結社に詳しいと思われているのだろう？」と疑問に感じてしまったが、何度か任務で関わったことがあるのだった。そう考えられても不思議ではないか。そう理解しておく珠子。

やや思案した後、内調の事務屋は判断を委ねることにしたらしい。

「俺が指図できることではないですね。任せます。ただ、フォウォレの側——ノレムも『夢攫い』の件で動いているらしい」

ノレムが去るのを待つか。

否。自分達と同じく『夢攫い』について調べているのならば、彼女にも話を聞くべきだろう。「何故『夢攫い』を追っているのか」も含めて、だ。


奥のテーブル。座っているのは二人だ。

片方、茶色い髪の若者が立ち上がる。苛々《いらいら》したように耳のピアスを弄《いじ》りつつ、対面に腰掛ける少女に向けて言い放った。

「だから！　その日のことは覚えてないし、知らねえっての！　何度言や分かんだよ！」

一人目の被害者、南田新だった。

彼は病院にも警察にも「何も覚えていない」と応じている。夜中二時頃に仕事を終え、明け方に目を覚ますまでの記憶がないと。

記憶を奪われているのならば当たり前だが、覚えていないことは覚えていないし、思い出せないことは思い出せない。それなのに何度も同じ質問をされれば、うんざりもするだろう。

後頭部だけが長い一つ結びを揺らして、少女、ノレムは尚《なお》も問う。

「はい。理解しています。感謝もしています。ですから座ってください」

「だから何度訊かれても知らねぇんだって！」

「はい。落ち着いてください」

「答えは『知らないし、分からない』、だ！　ガキは好みじゃないが、それでも可愛いしちょっとだけ話してやろうと思っただけであって、そもそも俺にはお前にあれこれ話をする義務はねぇ！」

怒りを表現するように、バン、と平手を木目に叩《たた》き付《つ》ける。

大抵の人間ならば怯《ひる》むであろう行為。けれども、怯むことになったのは南田の方だった。間髪を容れずにテーブルに置いた手、その人差し指と中指の間に、ボールペンが刺さったからだ。

「……は……？」

「はい。落ち着いてください」

そうして少女は今一度、言葉を繰り返す。

他でもなくノレムの仕業だった。男が手を叩き付けるや否や、設置してあったアンケート記入用のペンを手に取り、そのまま突き刺したのだ。流石に堪えたのか、南田は大人しく腰を下ろす。賢明な判断と言えた。

狂人の振る舞いだった。しかも、ただ破綻しているのではなく、破綻した上での聡明さが窺える行為だった。

激昂《げきこう》し、手近な凶器で刺したわけではない。むしろ、真逆。頭に血が上った相手を少し冷静にさせようとしただけ。手を刺し抜くつもりは最初からなく、指と指の間を狙っていた。

そう、あまりにも平然と、どうしようもなく自然に。

……殺気がなさ過ぎる、躊躇いがなさ過ぎる……！

珠子は戦慄する。あんな風に、ちょっと喉が渇いたからグラスに手を伸ばすと同じように、暴力を使える人間がいるのかと。

少女は『夢見る死神』ノレム＝ブラック。死を望む人間を殺す魔眼遣い。

日本での殺害人数は義父であるウィリアム＝ブラックよりも多い。

一分もせずに青年は解放された。ノレムにしても新たな情報を得られるとは思っていなかったのだろう。嘘を吐いていないかどうかを確かめる為に質問をし、ああいった手段を取っただけで。

それがまた、恐ろしかった。刺し抜くつもりはなくとも、数センチでもズレれば手の甲に穴が空いたかもしれないというのに。まさか、他人様の手だから関係がないとでも思っているのか。

脱兎《だっと》の如く店を飛び出していった被害者に入れ代わるように、珠子と束は奥のテーブルへと向かう。

幼い死神は取り出した小切手に百万という額を書き込んでいた。但しとして「机の弁償代」と記しているのがまた、恐ろしい。あんな行いをしておきながらも、物品を壊したことは申し訳ないと感じる常識と倫理観があるのだ。

片目だけが緑のオッドアイ。フェアリーの羽のような美しい翠眼が、こちらを見る。

魅せられてしまうような瞳が。

「はい。雙ヶ岡珠子さん、ですね」

「何故私の名前を……？」

「『焦がれの十字』とはあなたのことではないんですか？」

「え？」

戸惑う珠子を気にした風もなく続ける。

「お連れの方は……存じ上げませんね。今日は彼と一緒ではないんですか？」

「は……？　〝彼〟、ですか……？」

大した意味はなかったようで、ノレムは場所を変えましょう、と出口に向かってしまう。

珠子は束と顔を見合わせ、一旦は大人しく着いて行くことに決める。フォウォレが何故『夢攫い』を追っているのか、聞かなければならない。こちらが持っていない情報を有しているのならば、それも訊ねる必要があるだろう。

カウンターの中在地に目礼し、店を出た。

ノレムの小さな背中を追う。すぐに喫茶店の前で立ち止まり、ここにしましょうか、と問い掛ける。目的地があったわけではなく、ゆっくりと話せる場所を探していただけだったらしい。

テラス席に腰を下ろしたノレムはメニューを開く。

束と共に正面に座った珠子は、あれこれ考えていても仕方がないかと、意を決して問い掛ける。

「……単刀直入に訊きます。『夢攫い』について調べている、というのは、本当ですか？」

「はい。飲み物は何にしますか？」

流れるようにドリンク表を手渡される。

単にお茶をしに来ているかのような調子に困惑するも、何も頼まないのも不自然かと「カフェオレで」と応じておく。

「じゃ、アタシはレイコー」

「れいこー、とはなんですか？」

「アイスコーヒーのことだよ。冷やしたコーヒーで、レイコー。大阪の方言みたいなやつ」

「そうなんですか。勉強になりました」

感心したように呟くと、押しボタンで店員を呼び、飲み物を頼む。年相応に、否、見た目相応に、と言うべきか。ノレムが注文したのはオレンジジュースだった。

北欧の氷の世界を想起させる超常の気配を醸し出したかと思えば、知らない言葉に感心し、甘い飲み物を好む可愛らしい側面も見せる。「摑み切れない」。そんな風に感じる一方で、何処か懐かしい感じもした。

ちょうどこんな風に、常軌を逸した決意を見せながらも、ただの子どものような笑みを見せる相手を、知っていた気がする。

果たして、それは誰だっただろうか。

「雙ヶ岡珠子さん」

と、ノレムが口を開いた。

「はい。こうしてゆっくりと話すのははじめてですね。私は何ヶ月も前からあなたを知っています」

「あなたは……何を、知っているんですか？」

「逆に問います。——あなたは何を知らないんですか？」

何を知っている？

何を知らない？

意味不明な、理解不能な問いだった。

けれど、何を伝えたいかは分かった。

彼女は何を知っているのだろう？　『夢攫い』のことか、それとも、それ以外のこと、だろうか。だから、「何を知らないのか」を訊ねた。何を知っているかによって、口にすべき答えは変わってくるものだから。

……何かが、おかしい。何かが違っている……！

何がかは分からない。だが、自分の見ている世界の何処かが歪んでいる。そう確信する。あの『白の死神』と話した際に感じた違和感は気のせいではなかった。この少女はきっかけだ。原因ではない。けれど呼び水となるように、話せば話すほど、今の自分の歪さに気付ける。

何処かが狂っている。何かが違っている。

分からないが、分かるのだ。

心の奥底に眠る想いが、魂に刻まれた傷が叫んでいた。

「ノレムさんとやら、あることないことを言って、アタシの同僚を揺さぶるのはやめてくれない？」

珠子を見かねたのか、束が口を挟む。

混乱する思考と混線する思惑を言葉で以て両断するように。

　こういう時は束の思い切りや場慣れした態度が頼もしく思える。知性や情報戦の部分で劣り、揺さぶりを躱せないのならば、まともに取り合わない方が良いと知っているのだろう。

「アンタが何か知ってるらしいのは分かった。それが本当かどうかはこっちで判断するから、とりあえず話せば？」

「はい。でも、いいえ。『話せ』と言われて話すのは、流儀に反します」

「力づくで言わされたいってこと？　その小さな口抉《こ》じ開けて、ぶっといモノ入れてやろうか？　銃口を突き付けられれば流儀とかどうでも良くなるでしょ」

「いいえ。暴力で解決されないように、あの穴倉のようなバーを出たんです。こんな公衆の面前で戦いを起こす程、愚かな方々だとは思っていませんから」

　それに、と続けた。

「流儀に関しては、私のものではありません。そうでしょう、雙ヶ岡珠子さん」

「え？」

「はい。こういった揉《も》め事《ごと》は、いつもギャンブルで解決してきた。欲しいモノは勝負で勝ち取ってきた……。そう聞いていますが、違いましたか？」

ああ、そうだ。

こういう場合は決まって、勝負をしてきた。

何度も、何度も。

いや、違うだろうか。

勝負に挑んでいたのは、いつだって――。

「ゲーム名は『マリガン・ポーカー』。過去をやり直すポーカーです」

そう告げて、少女は笑った。

妖精のように残酷に、死神のように可憐《かれん》に。

‡

過去をやり直すポーカー――『マリガン・ポーカー』。

そのギャンブルに珠子が勝てば、ノレムは問いの全てに答える。ただし、負ければ何も話さない。全てを得るか、失うか。いつものようにオール・オア・ナッシングだ。

そう思う一方で、何故自身がそんな感想を抱いてしまうのか、珠子は分からない。

束は最後まで「このガキ、ぶん殴ってやろうか」と物騒なことを口にしていたが、勝負を受けるという珠子の選択を結局は尊重した。

だが、トランプを買いに行ったノレムを待つ間でこう忠告した。

「アタシ、ああいう奴見てるとイライラするんだよね。ミレンと同じタイプだ。色々知ってる癖に、はっきりとは何も言ってくれない。きっとあの二人は仲良くなれるだろうね！」

アイスコーヒー、彼女の呼ぶところの「レイコー」の氷を噛《か》み砕《くだ》き、続けた。

「タマコ。アンタがやりたいのなら好きにすればいい。アタシは知らないし、どーでもいいから。でも、アイツが負けたのに約束を反故にしようとしたら加勢するかもしれないけど……。でも、一つ覚えておきなよ。アイツが有益な情報を持っているかどうかは分からないんだ。話す内容が本当かどうかも」

「……ありがとうございます。ですが分かっていますよ、束さん」

そうだ。

そんなことは先刻承知の上で、珠子は勝負すると決めたのだ。

分からないこともあるが、分かることもある。彼女は約束を守るだろう。そのことは分かっていた。

斜向《はすむ》かいのコンビニから戻ってきたノレムは、ビニール袋の中から安物トランプを取り出すと、そのまま珠子達へと手渡した。仕込みやイカサマの介在する余地がないかを確かめろ、ということらしい。

「『マリガン』という言葉をご存知ですか？　元はゴルフ用語だそうですが、今はトレーディングカードゲームで使われることが多いそうです」

尤も私はどちらも知りませんが、と付け加える。

TCG用語の「マリガン」は、最初の手札が気に入らなかった際に引き直せる、というルールのことだ。事故、と呼称される、初期手札が噛み合わずに何もできない、という状況に陥ることを防止する目的で設けられた措置である。

そして此度の勝負、『マリガン・ポーカー』は、通常のポーカーにあるチェンジやレイズが存在しない代わりに、この「マリガン」を行うことができる。

「そのトランプからジョーカーを抜いてください。ジョーカーを抜いたトランプワンデッキ、五十二枚を使用します」

言われた通りに封を切り、安っぽいプラスチック容器からカードを取り出す。規則正しく並んだトランプの中から、一番上の二枚、ジョーカーを抜いた。

続いて、珠子、束、ノレムの順にシャッフルを行う。

これで準備は完了だ。

「チップがないので、三回勝負にします。先に二回勝った方が勝ちです」

「役は普通のポーカーと同じなんですよね？」

「はい。ですが、手札は七枚です。いえ、七枚から、始まり、ます」

このポーカーでは先攻後攻を決める。

先行はデッキから七枚、カードを引く。その七枚で不満がなければキープを選択できる。七枚の手札の中から、最も高い役となる五枚で勝負する。

だが引き直すこともできる。即ち、マリガンだ。マリガンをする場合、最初に引いた七枚をそのままデッキの下へと送った後、上から六枚引く。その六枚も良い手札でなかったならば、またマリガンを行っても良い。六枚をデッキの下へと送り、上から五枚引く。

一度、引き直し《マリガン》を行う度に、引ける手札が一枚ずつ減っていくのだ。

「マリガンは何度行っても構いません。先行は手札を決定する際には『キープ』を宣言します。次は後攻です。後攻はマリガンとチェンジのどちらかを選ぶことができます。ただし、この『チェンジ』は通常のポーカーのカード・チェンジではありません。

先行がキープした手札と自身の手札を入れ替えること——です」

　後攻はマリガンか、チェンジかを選択できる。マリガンを選んだならば、先行と同じく、満足するまで引き直しを行える。後攻がキープすればショーダウンだ。どちらの手役が高いかで勝敗が決定する。しかし、後攻がチェンジを選んだ場合。後攻は自身の七枚の手札を先攻へと渡し、先攻の手札を受け取る。手札を入れ替えるのだ。そうしてカードをオープンして、勝者を決める。

　一回戦が終われば、カードをシャッフルし、先攻後攻を入れ替えて二回戦を始める。

　ノレムは言った。

「人生はカードゲームのようなものだ、という格言があります。手札が意に副《そ》わぬ内容だったとしても、それで勝負していくしかない。生きていくしかない」

　人間の手札とは何であろうか？

　才能か、家柄か、人脈か。あるいは——異能だろうか。誰もが配られたカードで「人生」というギャンブルに挑む。どうしようもないハンドは見せ方と切り方で高役だと思わせるしかない。

　しかし、この『マリガン・ポーカー』は違う。

気に入らないならば引き直せ、他人の手札を乗っ取ることさえできる。

「過去をやり直すポーカー」――マリガン・ポーカー。

「雙ヶ岡珠子さん。あなたには、やり直したい過去がありますか？」

それともそれすら忘れてしまいましたか？

その問いが開始の合図になった。


――『マリガン・ポーカー』。

そのゲームで特筆すべきなのは、「初期手札が七枚であること」と「後攻はチェンジができること」だろう。

当たり前の話だが、七枚の内から五枚を選んで役を作るならば、単に五枚を引くよりも役が成立する確率は高くなる。実際に七枚で行うポーカー、セブンカード・スタッドやテキサス・ホールデムでは、五枚のポーカー《ファイブカード・ドロー》よりも、どの役も出やすい。

この『マリガン・ポーカー』も例外ではない。初期手札の七枚が役無しならばマリガンをすれば良い。二回引き直したとしても五枚は引けるのだから、通常のポーカーと同じ枚数で勝負できる。

だが、「後攻はチェンジができる」というルールが、このゲームを単なる運否天賦ではなくしている。

先攻の最初の七枚がストレートフラッシュになっていたとしよう。役の高さだけの勝負ならば引き直しはするべきではない。キープすべきだ。だがキープした場合、後攻には「キープをした」という事実から、「良い役が出来ているのではないか？」と見抜かれる可能性がある。

そうなれば当然、後攻はチェンジを選択するだろう。ゼロコンマ数パーセントの確率で成立した最高役は相手の手に渡ってしまう。

だからと言って、マリガンを選択すべきだ、とは断言できない。次の六枚で役が出来る確証はないのだから。そこは流れや思考を読まなければならない。

話を難解にしているのが、「引き直しをする際には手札をデッキの下へと送る」というルールだ。ボトムに送っている以上、相手がそのカードを引くことは絶対にない。

例えば、初手にAのフォーカードが揃っており、その上でマリガンを行えば、相手にAが渡ることはない。先攻だけは「ロイヤルストレートフラッシュは有り得ない」と確信できるし、相対的にKの価値が上昇したことを認識できる。

引き直しが出来るとしても、漫然と引き直して勝てるとは限らない。

それもやはり、人生と同じだっただろうか。

「確認なんだけどさ、手札が四枚になるまで引き直しして、その全部がハートでも、フラッシュにはならないんだよね？」

コイントスの結果、珠子が先攻と決まった時、束が訊いた。

ノレムは「はい」と首肯する。

「フラッシュにせよストレートにせよ、五枚がなければ成立しません。手札が四枚になれば、出来得る役はワンペア、ツーペア、スリーカード、フォーカードの四つのみです。同じように、七枚全てがハートであっても、その内の五枚を選んでフラッシュにしてもらいます」

「なら、四枚以下にはしない方が無難ってことね」

「質問は以上ですか？　ならば、一回戦を始めましょう」

七枚のカードを引く。

続いて、ノレムも七枚。

珠子の手札は——ダイヤのA、ダイヤの7、クローバーの5、ハートのQ、ダイヤの2、ダイヤの8、クローバーの6。

「……こりゃ、最悪と言っていい手札だ」。それが後ろから見ていた束の感想だった。七枚も引いたというのにワンペアも出来ていない。4か9があればストレートが成立していた、というのがまた恨めしい。ハイカードの勝負になれば勝てるだろうが、相手も七枚引いているのだから、役なしとは考えにくい。

しかし、珠子の思考は異なっていた。

……酷い手札だ。ですが、だからこそ、このハンドを相手に押し付けることができれば勝てる。

そう、それこそが『マリガン・ポーカー』の真髄だった。

このポーカーでワンペアもできないことは稀だ。七枚引けば、40％以上の確率でワンペアが出来上がるのが「ポーカー」というゲームである。ツーペアの確率も20％以上ある。何か役がある、と考えるのが普通なのだ。

ならば。

「キープします」

この手札をキープし、高目の役があることを装えば、ノレムはチェンジを選択してくるはず。その瞬間、相手の手はブタへと変わる。

はずだった。

「はい。では私はマリガンします」

ノレムはあっさりとそのブラフを見破り、七枚のカードをデッキ下へと戻し、六枚を引く。「終わった」と思う珠子、「嘘が下手な癖に馬鹿なことを」と呆れる束。ノレムは次の六枚でJと10のツーペアを作り上げ、これで一敗。

早くも追い込まれた。

「次は私が先攻ですね」

シャッフルしたデッキの上から、ノレムが七枚引く。次いで、珠子も七枚。

手札は、スペードの10、クローバーのK、ハートの6、ハートのQ、ハートの4、クローバーのQ、スペードのJ。Qのワンペアだが、またしても9を引けていればストレートという間の悪さ。

……これはどうするべき、なんだ……？

マリガンするか？　いや、引き直しを行い無役になったらどうする？　もう一度マリガンするか？　五枚引いた時点で役がなければどうするんだ？　四枚以下になってしまえば、負けも同然なのに？

必死で頭を働かせる珠子だったが、その思考は思わぬ形で中断することとなった。

「マリガンします。六枚引きます。……はい。マリガンします。五枚引きます。……はい。ではマリガンします。四枚引きます」

ノレムがマリガンを繰り返していた。

一切顔色を変えず、一欠片の躊躇《ちゅうちょ》もなく。

「ちょっ、ちょっと待ってください‼」

「なんですか？　私はこの四枚をキープしますが」

「四枚以下にはしない方が無難、って話だったじゃないですか！」

「それはそちらの方、の考え方であって、私は違います」

さて、どうします？

ノレムが問い掛けてくる。

マリガンか、それとも——チェンジか。

もう一敗もできない状況で行われた、少女の三回にも渡るマリガン。ゲームを理解しているのか疑問になるような行為だが、彼女の側から勝負を持ち掛けてきた以上、「ルールが分かっていなかった」ということはないだろう。

何かしら、意図があるのだ。

最早、手役を比べるギャンブルではない。勝負内容は「ノレムの行動の意味を珠子が見抜けるかどうか」というものに変わった。ハンドが芳しくない以上、あの謎のマリガンの理由を解き明かさなければならない。

……まさか、好奇心を煽《あお》り、チェンジを誘っている？

あんなことをされれば誰だって気になる。手札が何かを見たくなるだろう。その心理に付け込み、チェンジをさせようとしているのだろうか。無役の四枚をこちらに押し付けようとしているのか。

いや、この可能性はあまりにも低い。ショーダウンの段階で手札は公開されるからだ。確かに気になるが、チェンジしてまで確認しようとは思わない。

そもそも、そんな策を仕掛けて、相手が乗って来なければどうするつもりなのだろう？　通常のポーカーで、ブタにも拘らず大金を賭け続け、相手を下ろしてしまう戦法と同じように、「見抜かれてしまえば負け」と割り切っているのか。なるほど、それも心理戦の本質ではある。

と。

その時、脳内を閃光《せんこう》が走った。

……まさか、イカサマ……？

勝負が始まった直後、ノレムは言った。「手札が四枚になれば、出来得る役はワンペア、ツーペア、スリーカード、フォーカードの四つのみです」と。それはそうだろうと聞き流し、四枚以下にはしない方が無難、という考えを支持したが、強《あなが》ちそうでもない。

何故ならば、四枚でも成立するフォーカードはストレートフラッシュに次いで強い役だからだ。つまり、フォーカードが出来ると分かっている状況に限っては、手札が四枚でも構わない。

だとすれば。

……このトランプは彼女、ノレムが買ってきたもの。仕込みがないことは確認したけれど、もう一デッキ持っていないとは限らない……！

別のデッキから数字の揃った四枚を抜き出し、それをハンドとして公開する。こうすれば確実にフォーカードが成立する。

通常のポーカーならば、この手のイカサマは危うくて使えない。自身が別に用意したカードと相手の手札に被りがあれば、一瞬で露呈してしまうからだ。だが、この『マリガン・ポーカー』に関しては違う。

ノレムは、最初の七枚、次の六枚、その次の五枚の合計十八枚のカードを確認し、ボトムに置いている。その十八枚の中に同じ数字が四つあれば、その数字は別デッキから持ってきてもバレない。束の一番下に送った以上、珠子には確認のしようがないからだ。

全てが繋がった。

ルールは全て、このイカサマを成立させる為にあったのだ。

「私はチェンジを選択します……！　その手札を渡してください……！」

高らかに宣言した珠子に対し、ノレムはいつものように、「はい」と応じた。

手札を交換する。

Qのワンペアを含む七枚はノレムの元へ。そして、謎の四枚は珠子の元へ。

「雙ヶ岡珠子さん」

そして、少女が口を開く。

「人生はカードゲームのようなものだと私は言いました。『人生』というゲームにおいて、他のギャンブルと異なっていて、異なっているからこそ好きな部分がありますそれは正直さや誠実さがプラスと成り得ることです」

ギャンブルとは騙し合いの世界だ。

摑んだ運を必死に抱き抱えながら敵の思考を読み、策を見抜き、罠《わな》を仕掛け、死力を尽くして勝負する。それが賭博である。雙ヶ岡珠子が忘れたあの少年が好み、生きている場所だった。

だが、人生はそれだけではない。

「嘘が吐けない」という、ギャンブルでは短所にしかならない要素が、他人の信頼を勝ち取ることもある。ギャンブルと同じく騙し合いだからこそ、人生において、正直さや誠実さは美徳なのだ。

「……慣れないことをしましたね。普通に勝負すれば、勝っていたというのに」

「……そん、な……！」

珠子が受け取った四枚のカードは、ストレートフラッシュに次ぐ役、フォー・オブ・ア・カインドではなかった。

ただのブタだった。

「ギャンブルの戦い方を教えてもらうといいでしょう。……誰にかは、言えませんが」

そう。

この瞬間、珠子の敗北は確定したのだ。

‡

雙ヶ岡珠子には、二点、決定的に読み違えていたことがあった。

一点目は、「ノレムが用意したゲームである以上、彼女には勝つ為の策があるのだろう」という点だ。

あのノータイム、かつ連続したマリガンを見れば、「何か仕込みがある」と推測するのは無理ならぬことだ。けれど、豈図《あにはか》らんや、実際には何もなかった。否、「仕込みが何もない」ということが、仕込みだったのである。「無謀な引き直しをするのだから勝算があるのだろう」という幻想を抱かせることが目的の行為だった。

一戦目を勝利した段階で、ノレムはこの「無策という策」とでも呼ぶべき作戦を思い付き、実行を決めた。あくまでも、それはただの思い付き。彼女も彼女で、ギャンブルのような心理戦は得意な方ではないのだ。二戦目は捨てるつもりで、あんな揺さぶりを掛けてきた。

珠子は、この「無策という策」を見抜けなかった。ブラフだと分からなかったのである。

二点目は、より本質的な部分だ。「勝負を仕掛けているのだから、勝とうとしている」という点である。

これは一点目の読み違いにも大いに関係している。勝つ気がある、という前提から、珠子は「無謀なマリガンをするわけがない」「策があるはずだ」と読み、自爆することとなった。その点が既に間違えていた。

そう、ノレムは最初から、勝ち負けに拘っていなかったのだ。

それは「負けた際に約束を守るつもりがなかった」ということではない。椥辻未練風に言うならば、「勝ってもいいし、負けてもいい」勝負だった。主たる目的は賭博を通した相手の観察。故に、勝ち負けはどうでもいい。

あのR大学でトランプ勝負を挑んできた時と同じメンタリティーだった。そのことを珠子が見抜けていれば、勝敗は分からなかったかもしれない。

あるいは——思い出してさえいれば。

『嘘吐《うそつ》きの世界では、嘘を吐かないことが何よりも異端で、強いんだよ』

そんな言葉一つでも、脳裏に過りさえすれば。

‡

テーブルは沈黙に支配されていた。

雙ヶ岡珠子は下唇を噛《か》んだまま押し黙り、隣に座る束も、この状況では揶揄も軽口も、何も口にすることはできなかった。勝者であるノレムにしても同じくで、勝ちに酔うわけでもなく、冷たい瞳で珠子を見つめ、やがて溜息を吐いた。まるで何かに失望したかのように。

……普段の自分なら、勝てたかもしれない勝負だった。

そんな風に思う。半端に相手を読むことなどせず、只々《ただただ》真っ直ぐに、戦いに臨んでいれば。自分のスタンスを変えた。信じ切れずに、生き方を曲げたのだ。だから、負けた。結果論ではあるが。

しかしながら、結果論でこそあれ、真実であった。

ノレムは「自身が知る雙ヶ岡珠子」ならば勝てるような勝負を提案したのだから。

「はい。私の勝ちです。あなた達には何も話しません」

言って、死神の少女は立ち上がる。

「でも折角勝ったので、代償を頂こうと思います」

「……代償……？」

「はい。魔眼を使います。安心してください。私の魔眼に大した力はありません。そのことを知っているからこそ、何の防御策も講じず、正面に座り、談笑していたのでしょう」

その通りだった。

ノレムは魔眼遣いの犯罪結社に所属する魔眼遣い。当然、邪視を有している。が、珠子達は全くの無警戒だった。理由は単純至極。この『夢見る死神』の目は、数ある魔眼の中でも最も無害なものだからだ。異能としても、ここまでに実害のない能力もないであろう、と言われる程の。

そう、彼女の魔眼は――。

「では少し、夢を見ましょうか――」

瞬間、ノレムの両目が輝いた。澄んだ翠眼が瞳を犯す。

魅入られてしまうような、あるいは、見透かされてしまうような。

珠子の意識は——そこで途切れた。

‡

大阪第二法務合同庁舎のすぐ傍《そば》にあるファミレスだった。

珠子の元にカットステーキ付きのハンバーグが運ばれてくる。肉の匂いとプレートが鳴らすパチパチという音が食欲をそそる。テーブルの上にはシーザーサラダにチキンナゲット、デミグラスソースのオムライスに明太子《めんたいこ》のスパゲッティがある。これで注文した料理は全て届いた。

『それじゃあ、食べよっか』

正面に座る彼に促されるまま、珠子は食事に取り掛かる。

繰り返される他愛もない世間話。リーズナブルな店でも酷く美味《おい》しく感じるのは、一緒に食べている相手のお陰だろうか。午後の一時は穏やかに流れ、事件や異能といった剣呑《けんのん》な何もかもが、遠いことのように感じる。

フライドポテトを摘む少年の横顔も穏やかで、あの狂気に満ちた決意は欠片も窺えない。何処にでもいる、ただの大学生のように笑い、好きな漫画の新刊が出たことを話している。

ふと、珠子は思ってしまうのだ。

こんな時間が、いつまでも続けばいいのに、と。

『……こんな風に、ずっと一緒にいれたらいいのにね』

『……は、……え？』

『そう思わない？』

突然の言葉に思考がショートし、喉に詰まりそうになったパスタをレモンティーで流し込む。まさかそんなことを言われるなんて、思ってもみなかった。「大丈夫？」と心配してくる少年を片手で制す。

だって、そうだ。

彼は生と死の狭間《はざま》でしか生きられない破綻者で、どれだけ珠子が近付いても、手を伸ばしても、その分だけ遠くに行ってしまう。だから、こんな時間は一時だけで、ずっとは続かない。

彼だけではない。自分もそうだ。私達は、知り過ぎた。色んなことに関わり過ぎてしまった。責任を取らなければならない。ケリを付けなければならない。

普通に生きて、普通に死ぬような、普通の幸せは――もう手に入らないのだ。

『逃げちゃおっか』
だが、少年は言うのだ。
あの可愛らしい笑みを湛えて。
『何もかも捨てて、どっかに行って、二人で暮らそうか』
『でも、そんな無責任なことは……！』
『踏ん切りが付かない？　じゃあ、勝負しようよ』
僕が勝ったら、二人で逃げる。
タマちゃんが勝ったら、このまま頑張る。
そうして少年は嬉々《きき》として勝負の準備を始めるのだ。
これまでずっと、そうしてきたように。

‡

秋の日差しが珠子を現実へと引き戻した。
周囲を見回す。何もかもが、元のままだった。顔を曇らせた束もそのままで、その態度で自分が幻覚を見ていた時間はほんの一瞬だったと理解できた。

夢であり、未来であり、可能性。

自分が本当に欲しいと望んでいる現実《モノ》――。

「別にいいんだからね、タマコ。そんな取り決めはしてないんだから。アイツの言う通りにする必要は……」

「大丈夫です、束さん。もう……。もう、終わりましたから」

ミせられた。

見せられた。

魅せられた。

あの翠緑《すいりょく》色の瞳が、白昼夢を作り出したのだ。

緑眼の死神は静かに告げる。

「……面白くない夢でした。だからこそ、尊い夢でした」

珠子が見たのはノレムの作った幻想だった。

ノレムの力は、「望みに応じた幻覚を見せる」というもの。無意識の願望を夢として見せる異能。最も無害な魔眼でありながら、同時に、最も儚く、残酷な異能。

どんな夢であっても構わずに、見せてしまうのだから。

それがたとえ、叶わない夢だったとしても。

「雙ヶ岡珠子さん。私はこれで失礼しようと思います。あなたも、自分の見ている景色の何がおかしいのか、なんとなくは分かったでしょうから」

「……まさか、そのことを伝える為に……？」

「いいえ。ただ、なんとなく、です」

それが嘘か本当かは、珠子には分からなかった。

ここに彼はいない。

嘘か本当かは、分からないのだ。

ノレムは小銭を置くと、そのまま喫茶店を去って行った。

引き留めることはしなかった。『夢攫い』に関し、何も得られなかったのは残念だが、約束は約束だ。戦い、捕らえ、口を割らせる選択肢もあるが、一戦交える労力とノレムが新しい情報を持っていない可能性を考えれば、あまり良い案とは言えないだろう。

そして、雙ヶ岡珠子には考えるべきことがあった。

あるいは、『夢攫い』と関係しているかもしれぬ、自身の失った過去について。

「……私は……」

……もう間違いはない。私は、記憶を消されている。

感じていた違和感は錯覚などではなかった。記憶を消されている。忘れさせられている――のだ。恐らくは、あの『白の死神』の手によって。どういう意図かは不明だが、あの忘却の剣で斬られた。

はっきりと思い出したわけではない。けれども、忘れた記憶がある、ということだけは認識できた。思い出せた。

「あなたは、何を知らないのか」。

その問いの意味も、今ならば分かる。

「ねえ、タマコ」

と、束が口を開いた。

「なんですか？」

「アタシ、アンタに言ってなかったことがあるんだけど」

夕暮れ間近の街の路地。

奇抜な髪色の少女は立ち止まり、続けた。

「アタシはさ、アンタの部下って言うか？　相棒って言うか？　そんな感じの立ち位置だけど、実は違うんだよね」

「え？」

「いや違わないんだけどさ、タマコに内緒にしてることがあんの。ミレンには、言わないで欲しい、ってお願いされてるけど、お願いなんだから、好きにしていいよね。どうせアイツだって、『黙っていてくれてもいいし、してくれなくてもいい』って言うと思うし」

　こちらを見ないまま。

　まるで視線を合わせることを拒否するかのように前だけを見つめ、言った。

「……アタシはさ、タマコ。ミレンからアンタを監視するように命令を受けてるの」

「監視……？　私を、ですか……？」

「いや、これも違うわ。そこまで大袈裟《おおげさ》なモンじゃなくて、ミレンから、『雙ヶ岡君の調子を見ていて欲しい』ってお願いされてたの。でも、アタシはそこまで深刻に捉えてなくてさ。ほら……、公安でも内調でも、裏に関わる組織の奴は変な奴ばっかだし、そういうことかな、って。でも、違ったんだね」

　そうとは表現しなかったものの、栁辻未練は、束を監視役として珠子の傍に置いたのだ。記憶を取り戻した際に、あるいは、その兆候が出始めた際に、すぐに気付けるようにと。

　雙ヶ岡珠子の記憶操作は、未練も承知のことだった。

　もしかすると、彼が主犯なのかもしれない。

「……ごめん。もっと早く言えば良かったな」

「気にしないでください。束さんは知らなかったんでしょう？」

「知らなかったけど、知らないことが罪ってこともある。無知は罪だ。多分だけど、ミレンの奴は、アンタの作話の症状を見てたんだ」

「作話？」

「作り話、と書いて、『作話《さくわ》』。知らない？」

　作話とは、記憶障害の一つだ。「記憶障害に付随して現れることが多い症状」と理解しやすいかもしれない。

　まず、記憶障害は大別して、「記憶を思い出すことができない」というものと、「新しく記憶を覚えられない」というものに分けられる。想起に異常があるのか、記銘に異常があるのか、という違いだ。『白の死神』の代償である逆行性健忘は後者に当たるだろう。彼女は今日の記憶を覚えていられない為に、明日には今日のことを思い出せない。

さて、この記憶障害だが、軽度の場合、病識がないことが有り得る。「自身が記憶に関する障害を患っている」という認識自体がない。名前すらも思い出せないような全生活史健忘ならば、本人は異常と不都合を感じるものの、例えば「昨日の昼頃に何をしていたのか思い出せない」ならば、日常生活を送る上での不便がない為に、記憶に問題があることを認識しにくい。

とは言え、昨日の昼食を思い出せない程度ならば、そもそも記憶障害とは呼ばれない。そんなものは誰でもある、ただの忘却である。

「『作話』って誰でもあるものなんだよ。でも、普通のやつは、記憶違い、って呼ばれる」

重度の記憶違いを『作話』と呼ぶ、と考えても間違いではない。けれども、一般的な記憶違いとは理屈が同じだけで大きく異なる。

というのも、作話の場合、昨日は会っていない人間に「会った」と発言し、しかも、それが間違った記憶であるという認識が全く存在しないのである。作り話ではあるが、本人の中では確かに存在する過去なのだ。

昨日の記憶が曖昧だったとする。けれど、「昨日は日曜日なので仕事がなかった」という客観的事実があった。郵便受けには不在連絡票がある。ならば、自宅にはいなかったのだろう。財布の中の金銭が減っている。誰かと会っていたのかもしれない。これらは思考であり推測だが、記憶障害の作話の場合、これを無自覚に行ってしまう。つまり、残存している記憶と確かな情報を踏まえて、「昨日は友達と食事に行った」という過去を造り出してしまうのだ。あるいは、別の日の事実を取り違えて話してしまう。

「『白の死神』は忘却の力を持ってるけれど、変だと思ったことない？　だって、隠蔽の為に目撃者から記憶を奪ったら、奪われた側の記憶には穴が空く。だから、本当に隠したいなら、忘れさせるだけじゃなく、それに代わる記憶を入れないといけない」

だが、実際にはほとんどの場合、問題がない。

それは先に述べた「作話」という症状によって、記憶を失った側が忘れさせられた過去を勝手に解釈してくれるからだ。白雪が労する必要もなく、人間の脳はそういった風に出来ている。

逆説的にこの症状が出ているならば、「記憶を失った自覚がない」と判断することができる。無意識の嘘で過去を補完する。それが作話なのだから。

「ミレンは折に触れて過去について訊ねて、アンタがどう応じるかを見てたんじゃないかな」

「……何故、そんなことを……？」

「さあね。でも、アイツは意味のないことはしない。そういう奴なんだ」

そう言えば、と珠子は思う。

病院の廊下で白雪と会った際、彼女は「答える必要性を感じません」と話を打ち切ろうとした。その素っ気ない態度を、珠子は「一日分の記憶しか覚えていられないから焦っているんだ」と解釈したが、そうではなかったとしたら？

思えば、遭遇した当初は挨拶を交わす程度のコミュニケーションは取れていた。そう、白雪が冷淡になったのは、手帳を何ページか捲った後からだった。

過去の記述によって、『白の死神』は「かつて雙ヶ岡珠子の記憶を忘れさせた」という事実を知った。疑似的に思い出したのだ。一刻も早く会話を切り上げようとするのは当然だ。自分と話すことが、忘れさせた記憶を取り戻すきっかけになってしまうかもしれないのだから。

……なら、あの時に彼女が呟いた名前は……。『戻橋トウヤ』という人物が、私が忘れた過去に関係している……？

確かに抱いていたはずの想い。誰と交わしたのか分からぬ会話。それら全ては勘違いなどではなく、間違いなく存在した過去だった。自分が歩いてきた道であり、今ここにいる意味だった。

ただ、珠子が失くしてしまっただけで。

ただ、忘れさせられてしまっただけで。

『コインだと、表の裏は裏だけど、人間はそう単純じゃない。表じゃない、ということは「表ではない」ってだけで、イコールで裏、ってわけじゃないんだ』――そう語っていたのは、果たして誰だったか。

と。

「……電話？」

失った記憶の手掛かりを探す作業を中断させたのは、スマートフォンのバイブレーションだった。液晶には「今里まひる」の文字列が表示されていた。

まひると別れる前、「何かあったら電話して下さい」と告げ、連絡先を交換していたのだ。彼女が新たな事実を見つけるとは思っていなかった。けれど、今里つきよの側から接触してくることは大いにあるだろう、と。

その予測は的中した。

「……雙ヶ岡さん……！　お姉ちゃんが、お姉ちゃんが……!!」

「落ち着いてください、今里さん。お姉さんがどうしたんですか？」

涙声で、ほとんどパニックのような状態のまひるを宥《なだ》め、先を促す。

叫ぶように彼女は言った。

「お姉ちゃんが帰ってきたんです……！　でも、血塗《ちまみ》れで、それで……!!」

時刻は逢魔《おうま》が時《とき》に差し掛かろうとしていた。

長らく続いた真昼の夢も、やがて終わりを迎えるのだ。

夜の訪れと共に。

獣の在処《ありか》

心の獣は解き放たれて、人は化け物へと変わる
理性が壊れる
悪夢が続く

——「誰か、私を終わらせて」

駅構内の喫茶店だった。

三階ホームを見下ろせる位置にあるその店は、電車の発着を一望できることから、阪急梅田駅のちょっとした名所となっていた。京都線の阪急マルーンが一号線乗り場に入ってくる。定刻通り。

窓際の席には、男が二人。片方は三十前後の長身の男で、如何なる理由か、その頭髪は真っ白だった。隣に座るのは、まだ「少年」と呼べそうな顔立ちの男子。二十歳になるかならないかだろう。

年の離れた友人か、それとも、大学の教員と教え子か。一見しただけでは関係性が分からない二人だ。「顔の造り的に兄弟ではない」くらいは赤の他人が見ても分かりそうなものだが、その割に、似たところがあるのが不思議だった。

服装も、所作も、全く違う。

なのに、何処かが同じだった。

「不思議な男だな、お前は」

男、鳥辺野弦一郎が言った。

「俺の能力を目の当たりにしておきながら直接会うとは。それとも、手の施しようのない程に愚鈍なだけ、か。きっと自分は死なないと、根拠なき妄想の中で生きている愚か者。くくく……。その部類か？」

「『自分は死なない』――そんな風に思ったことはないよ」

隣に座る少年は、机の上のサイコロの目を揃えつつ応じる。

「ただ、あなたが僕を殺さないってことだけは、確信してる。何故なら、あなたはそういう生き方をしていないから。直接手を下すのは簡単だけど、それじゃあ、意味がない。満足できないいんだ」

一拍置き、続けた。

「あなたが見たいのは、無知蒙昧な人間が、己の業に喰《く》い殺される様だから」

男にとっての『悪』とは、手段ではなく、目的。

生きる為に他者を踏み台にする、大義の為に人を殺す……。そういった目的がある『悪』ではないのだ。誑かし、絶望の底に叩き落し、破滅させる。そのこと自体が目的であり、それによって充足する異常者。

自分が殺すのでは意味がない。彼が愛するのは、どうしようもない人の人故の悪徳、愚かさなのだから。

それが彼の業なのだ。

「だから僕のことを敵と思っていても、どんなに殺すのが簡単でも、殺しはしない。家族や恋人を人質に取ったりもしない。あなたが見たいのは、勘違いや思い込みが原因で擦れ違い、自らの意思で罪のない人間や信頼すべき相手を撃つ姿だ」

「くくく……。知ったような口振りだな」

「でも、合ってるでしょ？」

その問いには何も返さず、弦一郎は五つのサイコロを振った。

二人が行っているのはダイス・ポーカー。賽を使ったポーカーだ。

深い意味はなく、真剣な勝負でもない。ただの暇潰しだ。話しているだけでは退屈だろうと少年が提案し、男が乗った形だった。言わば茶菓子のようなもの。元より、食後のコーヒーを楽しみながら会話を楽しむような関係ではないのだが。

「二つ名の割に、お前を破滅させるのは難しそうだ」

が、と四の目と五の目のフルハウスを作りつつ、続けた。

「さて、相棒の方はどうかな。随分と御し易く見えたが。浅慮な正義感に、知識と経験の少なさ……。典型的だ。独り善がりの正しさが元で壊れていく類の愚か者。あの女を操って、お前と戦わせるのも面白い。お前はどちらを選ぶかな？　自分の命か、彼女の命か」

「……元准教授さんは、タマちゃんを相当な馬鹿だと思ってるみたいだし、実際当たってるんだけどさ、でも、他の人みたいに簡単に操れると考えてるなら、大きな間違いだよ」

サイコロを一つ、振る。

出たのは一。

続けて、もう一つ。また一が出た。

「どんな愚か者であっても、自らの愚かさを一つずつ、忘れることなく背負っていけば、それは紛れもない『正しさ』だ。それを、生きる、って言うんじゃないかな」

一度でも誤れば死に繋がる鉄火場に身を置くこと。なるほど、それは真剣で、懸命な在り方だ。愚かかもしれないが、だからこそ、光り輝く。

しかし、何度間違えても生き続けること。これも、尊い生き方のはずだ。

過去の罪を忘れず、死ぬまで共に、生きること。

それは美学で命を投げ捨てるよりも、余程、辛く、苦しい道だろう。

「くく、俺には死ぬことも選べない臆病者に思えるがな。それに、大抵の正しさは誰も救わぬ自己満足。何も変えられはしない」

「そうだね。変わろうとしなければ、そうだろう」

サイコロが振られる。

ころころという音が鳴り、やがて赤い目が出た。

「僕も捻くれ者だから、人は生きてるだけで価値があるとか、そういう綺麗事は好きじゃない。勝手にそう考えてれば？って思う。でもさ、」

少年が笑う。

次の出目も、やはり――一。

「過ちを背負って生きることには、きっと価値がある。だって、そうすれば、次は間違えない。少しずつでも変わっていける。前に進めるから。ただ思ってるだけじゃなくて自分が変わっていくのなら、未来も変えられるよ」

「……愚かだな。人間は過ちを忘れ、繰り返す。そういう生き物だ。彼女だけは違うとでも？」

「僕はそう信じてる」

「……ふん。それこそ、勝手にそう考えていろ――だ。その信頼は心の支えになるかもしれないが、いつかは重圧になる。そうして、やがては破滅する。罪に向き合わない愚かさは、自らの心を守る賢明さでもある」

話は済んだ。そう言わんばかりに鳥辺野弦一郎は立ち上がる。

帰っちゃうの？と少年が問う。

「次に一が出たら僕の勝ちだ。それくらいは見ていってもいいんじゃない？」

「長居し過ぎた。抜け目のないお前のことだ。こんな会話は時間稼ぎ、コーヒーを飲み干す頃には辺りは公安の人間しかいない……。そういう可能性も在り得る。お前にそのつもりがなくとも、あの監察官が策を弄している可能性もな」

「まあ、そうかもね。もう手遅れかもしれないけど」

「餞別ついでに一つ教えてやろう。『一が五回連続で出たのだから、次も一が出るはずだ』という思考は全くの誤りだ。ただの誤謬だよ。何度、一が出ようが、次に一が出る確率は六分の一。……そして、『この人だけは他人と違う』と思い込むのも、ただの誤謬。根拠なき信仰だよ」

「次に一が出るかどうかも、大切な人がどんな選択をするのかも、それが観察の先にある推測なら誤謬とは呼べないし、後は信じるだけだよ。違う？」

振り返り問い掛けるも、そこに男の姿は影も形もなかった。

まるで最初から存在しなかったかのように消え失せた悪魔のことを思いながら、少年はサイコロを振った。

‡

未練の元に、『夢攫い』を尾行させていた公安の人間が死亡した、という連絡が届いたのは、大阪の街に夜の帳《とばり》が下り始めた頃だった。

死因は分からないらしい。というよりも、その死に様に相応《ふさわ》しい表現が見つからなかったという。何せ、上半身を喰い千切られて死んでいる。肺も心臓も脳幹も、生命維持に必要な部位が一瞬にして全て失われたのだ。「失血死」と呼ぶべきか、「衝撃死」と呼ぶべきか。即死だったことだけは、間違いはないが。

現場で採取されたＤＮＡは今里つきよのそれと合致することだろう。

しかし、そんなことはどうでも良かった。

「……間違いない。『夢攫い』の異能は強くなっている」

ジャケットを羽織りながら駐車場へと向かい、愛車のフリードへと乗り込む。

雙ヶ岡珠子が思い至らなかった事実がある。

一様に「夜中から早朝までの記憶を奪われた」という被害者達だが、一人目の南田新と五人目の柚之木では昏睡状態にあった期間、即ち、奪われた時間が大きく異なっているのだ。

前者は、夜中の二時過ぎまでの記憶はあり、早朝に自力で目を覚ました。対し、後者は終電がなくなる前に友人と別れた覚えがあり、同じく明け方に発見されたが、そのまま救急搬送された。終電前、ということは、遅くとも深夜零時前後。救急車を呼ばれている以上、声を掛けた程度では起きなかった。事実、本人がはっきりと目を覚ましたのは昼過ぎだ。

一人目の被害者、南田は、精々が四～五時間程度気絶していたに過ぎないが、五人目の被害者である柚之木は十二時間以上、意識が戻らなかった。

何より、柚之木は自身の異能までをも奪われている。

『夢攫い』の持つ、「記憶と能力を奪う異能」は、使う程に強化されるものなのだろう。そういった能力者は珍しくない。その場合、代償は十中八九、「能力が制御できなくなる」というものだ。

未完成だった『夢攫い』は完全に目覚めてしまった。その結果が、上半身を喰い千切られた捜査員だ。覚醒した「異能を奪う」能力は、相手の力を失わせるだけに限らず、物理的攻撃力を持ち、命さえも奪い去ってしまう。

そして、彼女には最早、自身の能力を制御することはできない。

獣のように能力者やその素質のある人間を嗅ぎ付け、化け物のように異能ごと喰い殺す。無念と復讐心にその身を焼かれ、目的もなく他人を襲う怪物。それが、『夢攫い』――。

……まったく、あの准教授、なんてことをしてくれたんだ……！

愛車を転がし現場へと向かう。左手で携帯電話を操作し、雙ヶ岡珠子にコール。

しかし、出ない。通話中らしい。本当に誰かと連絡を取り合っているのか、それとも、そういう言い訳を作った上で無視されているか。

無視されているとすれば、理由は不信感だろう。珠子は自分の記憶が失われていると認識したのだ。椥辻未練を疑い、連絡を取ることを躊躇するのは当然と言えた。実際、未練がやったようなものだ。

どちらでも良かった。

雙ヶ岡珠子が自身の異常を認識しようと、しまいと。

過去が失われたままであろうと、取り戻そうと。

どちらにせよ利点があった。だから、そのままにしておいた。

それだけの話だ。

詫びる気はあるものの、それで許されようとは思っていない。

「中在地さん、人払いの準備を頼む。三班の代表には僕から説明すると言ってくれ」

ＣＩＲＯ-Ｓと『白の部隊』の方々に連絡を取り、事件収束の段取りを整えていく。

後に悔いるから「後悔」と呼ぶ。

『夢攫い』を泳がせ、その奥にいる大物を釣ろうとは思わず、『夢攫い』の正体が分かった段階で制圧に移行していれば、死人が出ることはなかった。犠牲者が出たという結果のみで失策と判断するのは無意味だが、それでも、この結果を思えば事態の収拾だけを目的にすべきだった。

裏にある事情など無視するべきだったのだ。

そう、鳥辺野弦一郎のことも、そして――Ｃファイルのことも。

‡

戻ってきた姉は血塗れだった。

今里まひるはそう語った。何を言っても応答はなく、服を着替えると、そのまま出て行ってしまったのだという。「私では止められない」。そう直感し、今は姉の姿を見失わないように、後をつけているらしい。

警察には連絡済。表の警察に入った情報は公安やＣＩＲＯ-Ｓを経由し、栁辻未練の元に届くだろう。

なら自分が行うべきは、今里まひるの保護だ。そう珠子は結論付ける。

「今すぐそちらに向かいます。今里さんはそのまま、絶対にお姉さんには声を掛けないでください」

「はい……」

「大丈夫ですから。安心してください」

電話先の少女にそう伝える。

彼女には口が裂けても言えないが、気が狂《ふ》れてしまった人間は、何をするか分からない。実の妹を襲うことだって有り得るだろう。けれど、今里まひるにとっては姉なのだ。「後は任せて家に帰ってくれ」と伝えても従ってはくれないだろう。なら、変に刺激して最悪の結果を招くことだけは避けよう。そう考えての言葉だった。

事件の解決や隠滅は未練に任せればいい。

「アイツのこと、信じるの？」

隣の東が訊ねてくる。

足早に、けれども目立たぬように人混みを抜けながら、珠子は首を振る。

「信じるわけではありません。あの人が記憶を奪ったことは……多分、許せないと思います。でも、私は椥辻監察官が悪人ではないと知っていますから」

「善人でもないよ」

「それも知っています」

元より椥辻未練という男は物事を善悪で捉えていないのだろう。行動原理として存在しているのは、善ではなく、正義。倫理的に良しとされる選択でも現状を変えられないのならば意味はなく、下劣でも必要ならば行う。そういう人間だ。

秘密主義で、犯罪組織とも平然と内通し、人の死さえも利用する。信頼できる人間ではない一方で、彼が『夢攫い』を脅威と捉えているなら、解決に動くだろうと信用していた。

だから、雙ヶ岡珠子は自分がするべきだと思ったことをする。

今里まひるを守るということを。


今里まひるから伝えられたのは、あの裏路地だった。

彼女と出会った場所であり、五番目の被害者、柚之木が倒れていた地点だ。

歓楽街の奥まった所にある空間は、夜が訪れ、居酒屋や風俗店が賑わい始める頃になっても、嘘のような閑静さを保っていた。周囲を囲むビルが音を遮るのか、街行く人々の喧騒《けんそう》はやけに遠い。

その片隅に、まひるは蹲《うずくま》っていた。

「……今里さん……！」

駆け寄りたくなる衝動を抑え、静かに近付き、小声で安否を問う。

何があったのか。今里まひるは僅かに呻《うめ》き声を漏らすだけで、答えない。「まさか、既に『夢攫い』に？」。そんな想像が頭を過るも、意識はあるらしく、やがて唇が動き始めた。

「……っ、……ぁ……」

「どうしたんですか、何があったんですか？」

問い掛けを続けながら、束に周囲の警戒を頼む。

少女は言った。

今にも消え入りそうな程、小さな声で。

「……お姉ちゃんは……。お姉ちゃんは、もう……！」

「今里さん？　お姉さんは向こうに行ったんですか？」

「……う、うぅ……！」

　ふらつきながらも立ち上がり、路地の向こう、闇の中へと歩いていこうとする。

　様子がおかしい。放ってはおけない。急に意識を失い、倒れれば頭部を損傷する可能性もあるのだから。

　そう思い、傍に寄ろうとすると、まひるは顔を伏せたままで首を横に振る。近付くな、と言っているのか？

　一体、何故？

「……来ないで……。近付かないで……！」

　呻きながら、そんな言葉を紡ぐ。

　何が起こったのか理解できない。

　だが。

　珠子も、すぐに分かった。

「早く、離れて……！　じゃないと、あなたを――殺しちゃうから!!」

　瞬間だった。

黒髪の少女の身体から、飢えた獣を幻視する程の膨大な殺気が噴き出した。

いや、違う。実際に生き物が出現していたのだ。今里まひるの右肩部分から、獣の上半身が飛び出していた。黒い狼《おおかみ》のようなそれに瞳はなく、代わりに少女の血走った目が睨んでいる。明らかに、敵意を宿した視線が。

巨大な影絵の如き化け物は、目の前の敵を喰い殺さんとして襲い掛かる。

「……え……？」

珠子は、一瞬間、動くことを忘れた。

致命的な隙。しかし、それをカバーするように後方にいた束が動き出していた。

「このバカっ……！」

鎖分銅を棒立ちの珠子の足に絡ませ、引き寄せる。即座に転ばせた。珠子は顔面をコンクリートに叩き付けることになったが文句は言えないだろう。そうされていなければ、自分は確実に死んでいたのだから。

珠子が立っていた空間を漆黒の顎が通り過ぎた。傍らの室外機が原形を留めない程に破壊される。嚙《か》み付《つ》かれ、喰い千切られたのだ。

「……うう、ううう、うううう……!!」

距離を取り、少女を見たことで、ようやく珠子は全てを理解した。

自分がとんでもない勘違いをしていたことを。

「……そういうこと、だったんですね……」

どうして気が付かなかったのだろう?

その唸りは苦痛で漏れた嗚咽《おえつ》であり、獣の吠《ほ》え声だ。

そう、彼女こそが。
この今里まひるこそが——『夢攫い』だ。

‡

栁辻未練は想起する。

この『夢攫い』事件を知った際、まず思ったのは、被害者と思われる人間が皆、若者であることだった。些細過ぎる共通点であるが、「若者」を「二十歳前後である」と言い換えれば、違った見方もできる。

——Cファイル。

アバドングループの最高機密は「能力者の子どもといった、将来的に異能を得る可能性が高いとされている子ども達のリスト」だった。中身を確認したわけではないが、そう予測していた。だからこそ、その結果が出る現在——ファイルが造られてから約二十年後の今、Cファイルに関する騒動が連続で起こったのだと。

ならば、『夢攫い』もそうなのではないか？

彼女は確かに、能力者や、その素質がある人間を狙っていた。だからこそ、今は無能力者である雙ヶ岡珠子に捜査を任せた。他の者にやらせるよりは幾らか危険性は低いと判断して。

けれど、条件はそれだけではなかったのではないか？

『夢攫い』はファイルに記された者を優先して、襲っているのではないか？

否。

そうなるように誘導されているのではないか？

……シェオル・ロイヤルブルー号での取引にアバドンの使者は現れなかった。それは証拠隠滅を優先したからではない。むしろ、逆だ。機密が機密ではなくなったから、行く必要がなくなった。

つまり、アバドンはリストを流出させると決めたのだ。

機密の内容を率先して、かつ限定して流すことにより、状況を支配しようと方針を転換した。取引に現れなかったのは当たり前だ。遠からぬ未来に明かす情報ならば取り戻そうと遮二無二になる必要はなく、そもそも、「Cファイルを揃えたことの優位性」が消滅する。ファイルに関する取引も、ファイルそのものも、無意味になる。

ちょうど『夢攫い』の一件で椥辻未練が取った策と同じだ。

人の口に戸が立てられないのならば、こちらから明かす情報と流す先を限定してしまう方がいい。そうすることで情勢を操り、優位に立ち続ける。

ノレムとの会話を通し、この推測が正しいと確信した。

鳥辺野弦一郎が動いている。

ならばもし、あの男がリストの内容を知っていたら？

鳥辺野弦一郎は、『夢攫い』が特定の相手、リストに記された人間を襲うように誘導していたのだ。あのR大学の一件と同じように。『夢攫い』という化け物に、能力者の素質がある人間を襲わせることによって、その覚醒を促した。

これも違う。不正確だ。

恐らく、「喰い合わせた」のだ。

今回の事件のキーパーソンである『今里まひる』と『今里つきよ』。

この二人も、リストに記載されていたのだろう。

……大学の時と同じだ。能力者の素質がある人間を事件に巻き込み、精神的に追い込むことで覚醒させようとした。

今里まひるが知り合いの男達に襲われた事件。あれがそもそも鳥辺野弦一郎の仕込みだったのではないか？　流言を用いて馬鹿な男達を操り、まひるを襲わせた。その計画の噂で、つきよを巻き込んだ。

だが、目論見《もくろみ》通りとはいかなかった。

姉妹は凌辱《りょうじょく》され、姉は殺された。妹だけは『白の死神』が間に合い、助け出されたが、誰も能力者にはならなかったのだ。

この時点では。

……白雪さんは今里まひるの記憶を忘れさせた。姉共々犯され、実の姉が殺されるのを見ていることしかできなかった過去なんて、覚えていたところで苦しいだけだから。ならいっそ、存在しない方がいい。そう思った。

その独善を未練は否定しない。

もし同じ状況に立ち合い、『白の死神』と同じく忘却の力を有していたならば、同じように事件のことを忘れさせただろう。乗り越えるのも辛く、克服したところで姉が帰ってくるわけでもない。犯人達が白雪の手で処理されている以上、復讐することもできないのだから。

だが、結果的にその選択は最悪の事態を生んだ。

確かに今里まひるは事件の記憶を忘れた。

けれども、それが覚醒の最後の一押しとなった。

過去を失った少女の「自分の記憶を取り戻したい」という意識下での願いと、「姉を殺した能力者に復讐したい」という無意識下での想いが合わさり、断片的な記憶を頼りに彷徨《さまよ》い続ける化け物――『夢攫い』になってしまった。

尚悪いことに、まひるは人を襲えば襲う程、過去を取り戻せる。

何も難しい理屈ではない。特異能力同士は干渉し合う。それが同じ類の能力であれば、より強く阻害し合う。記憶と能力を奪う異能は『白の死神』と同系統。『夢攫い』として力を得る程に過去を取り戻すのは言わば当然だ。

しかし、皮肉と言うべきか、姉が死んだことだけは思い出せないのだ。

その記憶は彼女自身が取り戻すことを望んでいないものだからだ。認め難《にく》く、信じたくない事実だから。皮肉なのか、それとも――救いなのか。

……今里まひるは嘘を吐いていないんだ。少なくとも嘘を吐いた自覚はない。彼女の中では姉は生きている。自分の為に復讐の炎に身を焦がし、人を襲い続けていると思い込んでいる。

それもまた、作話と呼ぶべき症状だったか。

雙ヶ岡珠子が今里まひると出会ったのは、五番目の被害者である柚之木が襲われた場所。だが、捜査関係者でもない彼女がそこにいたこと自体が既に不自然だ。歓楽街の裏路地等《など》という、普通ならまず訪れない場所を知っていたことが。

捜査関係者でないのに知っているとすれば当事者。即ち、犯人でしか有り得ない。

しかし、それも彼女の認識では、「妙な事件があったと噂で聞いたから知っていた」に過ぎない。自分の中で辻褄を合わせたのだ。

血塗れの姉が来た、も同じくだ。血塗れだったのは彼女自身。けれども、正気に戻ったのは着替えた後だった。脱ぎ捨てられた血が付いた服を解釈した結果が、「姉が着替えに戻ってきた」という記憶違い。

「……因果な話だな……」

現場傍の路肩に車を停《と》めながら、未練は呟いた。

そう言うしかなかった。

そんな風に表現し、切り替えるしかない。彼がしているのはそういう仕事だった。

‡

正面には『夢攫い』今里まひるがいる。

少女の肩口より顕現している黒い獣は、彼女に寄生しているようにも、一体化しているようにも見える。取り戻せぬ過去と叶わぬ願いが生み出した異形。制御できぬ衝動が内側から彼女を喰い破ったのか。

「……うう……。ううう、うううう……!!」

血走った黒い瞳から涙が零《こぼ》れた。

その声は彼女が発したものか、それとも、獣が吠えたものか。

いや、考えるまでもない。どちらも『今里まひる』なのだ。

「……うう……おねえちゃん……。大丈夫、だから……。……今度は、私が守ってあげるから……!」

どちらの感情も彼女の真実なのだ。

『人間は一つの物語しか生きれない。それが悲劇であろうと喜劇であろうと、ハッピーエンドでもバッドエンドでも、あるいはデッドエンドでも』。誰かがそう言った。

その意味を今、嚙《か》み締《し》めていた。

そう、彼女は何処へも行けない。行き詰まりの袋小路《ふくろこうじ》。

想いの先、願いの果てを見せようとする、条理を超えた力。それが超能力だ。

けれども彼女の先には何もなく、果てに至ることはない。

今里まひるの願いは――叶わないのだから。

「……タマコ、行ける？　アタシも何となく事情は分かった。しんどい相手だよ」

「大丈夫です。私も戦います。……私が、戦うべき相手ですから」

目を背けたかった。それが正直な感想だった。

けれど珠子は真っ直ぐに前を向く。

……私がもっと早くに気付いていれば、今里さんはこんなに苦しむことはなかったんだ。人を殺めてしまうことはなかった……！

ならば、彼女がこうなってしまったのは、雙ヶ岡珠子の罪でもある。目を逸らすことは許されない。背負っていかなければならない。何よりも、もう止めなければならない。この終わりのない復讐を止めて、彼女を救わなければいけないのだ。

「分かった」

束は、静かに頷いた。

「いつもの手で行こう。一、二の三で左右に別れる」

「相手が向いた方が注意を引く、ですね」

「そう。じゃあ行くよ、一」

「二の、」

三──と口にする刹那だった。

二人が走り出すよりも早く、上空より何かが落下してきた。

ビル二階の窓から飛び降りてきた何者かは、位置エネルギーを乗せた一撃で『夢攫い』を両断すると、そのまま刃を返し、斬り上げた。獣は消え去り、今里まひるの身体は、ゆっくりと地に落ちた。

全てがスローモーションのような世界の中。

飾りのない純白の日本刀だけが、やけに眩《まぶ》しかった。

「は……？」

呆気《あっけ》に取《と》られる珠子に、その何者か──『白の死神』白雪は言った。

「お疲れ様です。後は私が引き受けます。あなた達は帰還してください」

暫く珠子は黙っていた。

が、やがて白雪の元へと向かい、その黒い制服の胸倉を摑んだ。

『白の死神』は何も抵抗せず、それを受け入れた。何を考えているのか分からない瞳で、静かに珠子を見つめていた。

「……なんで、ですか……っ！　どうして……！」

「危険な能力者に対処することは『白の部隊』の本懐です。理由を問われる謂《いわ》れはないはずです」

「今里さんは苦しんでいました!!」

「だから、楽にしたんです」

揺るがない。

変わらない。

記憶を忘れ続けるが故に決意は不変。何を言ったところで彼女は変わらないのだろう。これが『白の死神』の在り方であり、白雪の生き方なのだから。変わらないことこそが彼女なりの業の背負い方なのだろう。

だが、だからと言って、認められるだろうか？

「……私も、そうですか？　私も苦しんでいたから、上から目線で助けてやろうって、記憶を消し去ったんですか……？」

「そうだと思います。覚えていませんが」

突き飛ばすように手を放す。

そうして、雙ヶ岡珠子は言うのだ。

無謀と知りながらも、自身の在り方を取り戻す為に。

「……一対一です」

「？」

「私と勝負してください。先に倒れた方が負け……。あなたが負けたなら、私の記憶を返してください！　今里さんに、謝ってください!!」

「ちょっとタマコ、落ち着きなよ!!」

勝算などなかった。

相手は公安『白の部隊』の隊長。『最高の暴力』と呼ばれる能力者。勝ち目があるはずもない。

けれど、こうするしか珠子には折り合いの付けようがないのだ。勝てるかどうかは端から問題ではない。自分が自分で在る為の戦いに、「勝てるかどうか」等、見当違いも良いところだ。戦うか、戦わないか――なのだ。

――『だからこそ、その負けを取り返す為に賭け続けるよ。生きている限り、命を賭けてね』。

そう、あの少年はそんな風に生きていたのではなかったか。

「分かりました。私は武器を持っているので、刀を抜かせればあなたの勝ちで構いません。記憶は戻します。彼女にも……謝ります」

「……言いましたね……？」

雙ヶ岡珠子の決意など、素知らぬように。

あくまでも淡々と、『白の死神』は返す。

「私達は『最高の暴力』ですが――何も為せないならば、あなたはただの無力です。異議があるのならば実力で押し通し、示しなさい。自らの意義を」

火蓋は切られた。

この白昼夢を抜け出す為の戦いが、始まった。

私の心、あなたの力

想いは刃、願いは秤
誰にも見えない道標
ここにはなくとも、心にあるから
だから、ここから

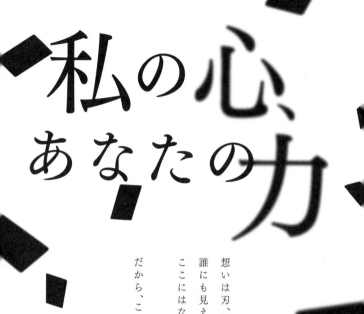

現場に着いた未練は、その状況を見て、些《いささ》か困惑した。

此度の事件の犯人、『夢攫い』今里まひるは倒れ伏している。

しかし、何故か珠子と白雪が向かい合っていた。

前者は正中線沿いに平手を置くように構え、後者は納刀した日本刀を左手に持ったまま、構えることもなく。一足一刀よりも少し遠い間合い。距離を取り、右回りに動きながら隙を窺う珠子に対し、白雪が応じるような形だ。

「どういうこと、ってツッコミ入れたい？」

束の問いには首を振ることで返答とした。

こうなる可能性も少しはあるだろう。そう考えていたからだ。まさか、本当に『白の死神』に勝負を挑むとは思っていなかったが。

「『ギフト』だなんて呼ぶけれど、異能なんて呪いだよ。こう在りたい、という願いが自分を縛り付ける呪いになる。だから我が強いのは当たり前だし……。ぶつかった時には、戦うしかない」

そう。

自分が自分で在り続ける為には、それしかないのだ。

「勝算は？」

「雙ヶ岡君の？　……ほぼゼロだね。雙ヶ岡君の身長は軽く百六十以上ある。体重も五十キロはあるだろう。白雪さんの上背は百五十と少し。当然、ウエイトも軽い。身長と体重では圧倒しているけれど、技量と経験が桁違いだ。願いだけではどうにもならないこともある。だから、呪いなんだよ」

「それでも、ゼロだ、とは言い切らないんだね」

「勝負はどうなるかは分からないものだから」

命が絶えるか、それとも、心が折れるか。

どちらかに至らない限りは、勝負はどう決着するか分からない。能力者の戦いは特にそうだ。異能とは心の力なのだから。だからこそ、呪いであると同時に、願いでもある。

「ねえミレン。アンタはなんで、タマコの過去を奪ったの？」

「その方が彼女の為だと思ったからだ。僕も、白雪さんも」

「え？」

詳しい内容を聞くことはできなかった。

「動くよ」。

未練がそう言ったからだ。

一歩踏み込む。制空権が触れる。

もう一歩前に出れば掌底が当たる距離になる。今の状態でも鞘《さや》での攻撃は届く。ならば、と即座にも距離を詰める。迎撃するように顔面に向けて鞘が射出される。柄頭を右手で弾くことでその攻撃をいなし、前へ。

これで、手が届く距離――。

左の掌底を打ち込む。最短距離を走ったはずの一撃も容易く躱される。間髪を容れずに右腕を斜め下から弧を描くように打つ。当たらない。「構うものか」。手を出し続け、ようやく届いた一撃は、刀の鞘で受け止められる。

「………………」

その程度ですか？と問うような静かな瞳。

……分かってる。

実力以前の問題だ。どうしてだろう。拳が軽い。身体が泳ぐ。衝動だけが先走り、決意が何処にも見当たらない。「違う」。何もかもが違う。噛み合っていない。組み上がっていない。

自分は何を失った？　どうしてここにいる？

これまでの歩みが業となったはずだった。覚えている。全て背負うと決めたはずだろう。誰かにではなく、他ならぬ自分自身に。

「……返せ……」

戦い方を教えてくれたのは誰だった？　何をすれば良いかも分からなかった自分を見出《みいだ》し、導いてくれたのは誰だった？「そんなお前が大嫌いだった」と嘘を吐いた彼は誰だった？

「……返せ……」

嘘を見抜いたあの少年は？

覚えている。何も思い出せないのに、あの瞳だけは焼き付いたままだ。

『正しさ』や『善さ』とは無縁の、無縁だからこそ美しい光。命を賭ける生き方を教えてくれた。……違う。生きるとは、そもそも命を賭けたことなのだ。自分自身である為に、全てを懸けるのだ。

そうだ、彼は言ってくれた。『自分の行動を反省して、責任を取ろうとしていること。他人の不幸を他人事だと考えないこと』。それだけで十分、立派な生き方だと。

それは誇っていいことなのだと。

全身の血液が逆流するような錯覚。脳の回路が火花と共に焼き切れる幻覚。

覚えている。分かっている。魂が、心が、記憶の残滓が、身体中の細胞が知っている。忘れるなんて、許されない。だってそうだろう？　一生、背負っていくと決めたのだから。

この命を貰った時からずっと、過つ度に何度でも――――。

「私の全てを――返せぇっ！！！」

けれど。

渾身《こんしん》の右ストレートもあえなく受け止められる。

「ッ！」

その時、はじめて白雪の表情が変わった。

身体が重い――のだ。有り得ない。ここまで一度も珠子の拳は直撃していない。相手になっていなかったはずだ。呼吸器や横隔膜にダメージか？　それとも平衡感覚の異常？　ボディーブローを貰ったわけでも、顎を揺らされたわけでもないのに？　有り得ない。

――有り得ない？

この機を逃すまいと言わんばかりの猛攻を捌《さば》きながら、白やかな少女はその結論に辿り着く。有り得ないことを引き起こす力ならば、あるじゃないか、と。

確かに『白の死神』は雙ヶ岡珠子の記憶を忘れさせた。彼女がＣＩＲＯ-Ｓにいる経緯も、どんな任務をこなしてきたのかも、あの少年に纏《まつ》わることを全て忘却させたはずだった。

けれど、その異能は忘れさせていないのだ。

「触れた相手に対し、自分の重量を付加する」という能力。命を背負っていきたいという決意が形になった異能には何も干渉していない。珠子が異能を使えなくなったのは『白の死神』に奪われたからではない。その能力《ギフト》の元となった過去を忘れた為に、自身が異能者であることも、その使い方も、忘れてしまったに過ぎない。

ならば、だとしたら。

不完全な形でも過去を思い出せば――特異能力も取り戻せる。

「……雙ヶ岡君の能力は命の重さを背負わせるものだけど、白雪さん。背負い過ぎるのが君の悪いところだよ」

そういう点は雙ヶ岡君に似ている、と未練は呟く。

そう、『夢攫い』についてもそうだし、この戦いに関してもそうだ。自分の失態だと何もかもを背負い込み、「それでこの人が満足するのならば」と勝負を受けたのだろう。裏の世界にはそぐわぬ生真面目さ。

倒そうと思えば最初の一撃にカウンターを合わせ、斬り伏せられただろう。「刀を抜かない」なんて制約を設ける意味はなく、そもそもと言えば胸倉を摑まれた時点で斬り捨てても良かったのだ。それをしなかったのは、「この程度のことで気が晴れるなら」と思ったからに他ならない。

その結果、雙ヶ岡珠子は能力を取り戻した。

しかし、それでも及ばない。

「……ぐっ、く……！」

珠子が幾ら手を出そうと、一発も貰わない。喰らわない。いきなり体重が二倍以上に増えたにも拘らず、掌底を避け、弾き、逸らす。五十キロの重量を付加された状態に白雪は即座に適応してみせたのだ。

確かに動きにくくはなった。けれど技や思考が錆び付いたわけではない。

この程度は修羅場の内にも数えられない。

重量が増えたならば、その増えた重量分を踏まえて身体を動かせば良いだけだ。

そう考えつつ、白雪は一歩踏み出す。

瞬間だった。

身体が、完全に泳いだ。

制御不能となる四肢。たたらを踏み、なんとか倒れることだけは防ぐ。

「!?」

まるで、鍔迫《つばぜ》り合《あ》いの際に急に力を逃されたかのような。

急に身が軽くなったかのような。

否——実際に、「軽くなっていた」のだ。

珠子の能力によって約五十キロの重量を付加された。なので、白雪は重りを背負っていることを前提に身体を動かしていた。しかし、今、踏み出した刹那に、能力をオフにされたのだ。

瞬間的に体重以上の重量が消え去った。残ったのは軽過ぎる身体を動かすのには過剰なエネルギーと、それを制御する為に生まれた如何《いかん》ともし難い間隙。

「うおぉぉおおおおっ!!」

珠子が右手を振り被る。死力を尽くした最後の攻撃だった。

白雪は態勢を立て直せない。回避行動は不可能。受けるしかない。受け流すしかない。それでも返す刀の一撃で終わりだ。

けれど、そこで気付いた。

雙ヶ岡珠子が、左手で右腕に触れていることに。

そう、その攻撃は――。

‡

この土壇場で、雙ヶ岡珠子は二つの戦術を生み出した。

一つは「重量を付加した後、相手が踏み込む瞬間に能力をオフにすることで、身体を泳がせる」というもの。そして、もう一つは――「攻撃の瞬間に自らに対し能力を発動させることにより、重量が二倍の一撃を作り出す」というもの。

ウエイトの差は戦力に直結する。パンチにせよ、キックにせよ、あるいは投げにせよだ。大前提として、戦いでは体重が重い者が有利であり、だからこそ、多くの格闘技では階級が設けられている。

当たれば、勝てたかもしれなかった。

「……っ……」

百キロの巨漢が放ったに等しい掌底は空を切った。

白刃が身体を両断し、そのまま珠子は崩れ落ちた。

決着は着いたのだ。

「……く、そ……」

自分の無力さに涙が零れた。

これでは彼に顔向けできない。そんな風に、思う。「あなたみたいに格好良く決めることはできませんね、トウヤさん」。そう心の内で独り言ち、ようやく気が付いた。

自身の記憶が戻っているということに。

「……私は刀を抜きました。よって、あなたの勝ちです」

刃を手帳へと戻しながら、背を向け、白雪は言う。

「私は斬ることで相手の記憶を忘れさせることができます。ですが、同じ相手を二度斬れば、元に戻ります。記憶は確かに返しました。あなたにも、彼女にもです」

視線を『夢攫い』に向け、続けた。

『白の死神』の異能は重ねて使うことができないのだ。ある人物の過去を忘れさせた後、別の記憶を忘れさせる為には、一旦、能力を解除しなければならない。だから、白雪は今里まひるを二度斬る必要があった。一度目は過去を取り戻させる為に。二度目は、能力を消し去る為に。

そう、今里まひるは生きている。少なくとも、今は。

すみませんでした、と。

そう小さく告げ、『白の死神』は宵闇の中に消えて行く。

……そうか。勝ったのか……。

抱くのは僅かな満足感。そして、多大なる喪失感。

思い出したのだ。

彼――戻橋トウヤは、船と共に沈んで、消えたということを。


「お疲れ様。カッコ良かったよ、タマちゃん」


そんな声が聞こえた気がした。

きっと気のせいだ。叶わぬ願いは白昼夢。幻想に浸っていられるのは一時だけで、やがて夢は終わる。目を覚まし、現実と向き合わなければならない。辛い過去も背負って生きていかなければならない。死んでいった人達に報いる為にも。

そう思いながら、珠子はゆっくりと意識を手放した。

‡

目を覚ました珠子は少し戸惑ったが、自身の服装や部屋の雰囲気から、ここが病院であり、自分は病室のベッドに寝ているのだと理解する。

記憶に不自然なところはない。全て、覚えている。『夢攫い』と同様に、珠子も夢と現の間を彷徨っていた。けれど、それも終わり。事件は終わったのだ。失った過去は戻ってきたのだ。

人間は自身の記憶によって同一性を確かめる。だが人の記憶とは不確かなもの。過去が全て事実だったこと、それは誰にも証明できないのだ。同時に、この現在が夢ではない保証はない。

今、見ている光景も、あるいは夢幻なのかもしれない。

けれど、それでも構うことはない。分からないのならば同じことだ。

夢が覚めるまで、自分として生きていくだけだ。

「――目、覚めた？」

と。

傍らの椅子に座る少年が屈託なく笑う。

忘れるはずもないその笑顔。けれど、彼はいるはずがないのだ。

だって。

「……トウヤさん……？」

「おはよう、タマちゃん。林檎《りんご》食べる？　シロちゃんが持ってきたのだけど」

ウサギの形に剝《む》かれたそれを頰張りながら、呑気にそんなことを訊いてくる。

数ヶ月ぶりの再会とは思えないマイペースな態度だった。らしくはあるが、流石に現実感がない。やはり、これも夢なのだろう。そう結論付ける。

「どうしてここに……？」

「僕がタマちゃんのお見舞いに来て、何がいけないのさ」

不思議そうに言って、続けた。

「もしかして、夢だと思ってる？」

「……えっと……」

「幽霊じゃないよ？」

林檎を持っていない方の手を伸ばしてくる。

少年の右手が、珠子の右手を優しく包んだ。

温かい。肌を通し、体温が伝わってくる。ここにいる。そう主張するかのように、確かに。まるで現実かのように。

「……あの」

「何？」

「とりあえず、林檎食べるのやめてもらえませんか？　真剣に考えたいので。というか、仮に私へのお見舞いの品ならば、なんであなたが食べているんですか？」

「…………美味しそうだったから？」

「なんでそっちが疑問形なんですか！」

とにかく、状況を整理しよう。

事件は終わった。記憶は取り戻した。珠子の覚えている限りでは、トウヤに会ったのはあの船の中が最後。救命ボートには未練はいたが、彼は乗っていなかったはずである。目を覚ましたのは病院で、その時点では既に、『戻橋トウヤ』のことを忘れており、そうして今に至る。

ならば、自分が記憶を奪われたのは救命艇に乗せられ、病院で意識を取り戻すまでの間だろう。

ウエットティッシュで手を拭きながらトウヤは語る。

「僕はクルーズ船に置いて行かれたって言うか……。まあ、自分でそっちを選んだんだけど、とにかくタマちゃんのことは監察官さんに託して、別れたんだよね」

椥辻未練はどうするか、悩んだという。

事の顚末《てんまつ》を正直に話すか。けれど、「自分を助ける為に彼は犠牲になった」と言われれば、相当なショックを受けるだろう。その辺りに関しては伏せておくか。

そのことについて、白雪に相談すると、

『好きな相手が自分の所為で死んだことなんて忘れたいでしょう』

と、気を失っている珠子を即座に斬ってしまったのだという。

「だっ、誰が好きな相手ですか！　誰が!!」

「まあまあ、シロちゃんの発言だから。……で、若干先走り気味ではあったけれど、シロちゃんの行動に監察官さんも異議は唱えなかった。僕が死んだら、タマちゃん、凹《へこ》むでしょ？」

「そりゃあ、まあ……」

「だったら忘れさせておいてもいいかな、って」

また、「これでCファイルの件が片付かなければ無駄死ににになってしまう」という考えもあったらしい。全てが終わったと確認した後でも、記憶を思い出して貰うのは遅くはない。それまでに自力で思い出せば、それはそれで構わない。

どちらでも良かったのだ。

「それで……。あー、説明するの面倒になってきたな。今、僕生きてるんだし、それで良くない？」

「いいわけないでしょう。話しなさい」

「じゃあ掻《か》い摘《つま》んで話すけど……。炎上するクルーズ船と命運を共にするかー、ってところで、僕は助けて貰って、」

「……誰に？」

「ノレム？」

「彼女に助けて貰ったんですか!?」

「まあ、うん」

椥辻未練の思惑の外で戻橋トウヤは命を拾ったのだ。

その後、落ち着いた後に未練に連絡を取った。流石の彼も驚いたが、すぐに「申し訳なかった」と詫びた。元より、シェオル・ロイヤルブルーでの一件でのトウヤ達は囮であり、ややもすると捨て駒ですらあった。謝罪は当然と言えただろう。

しかし、その後の対処は何処までも栁辻未練らしいものだった。

「世間的には僕は死んだことになってるわけでしょ？　でも、実際には生きてる。で、それを監察官さんは知ってる。なら、死んだままにしておいた方が便利なんじゃないか、って」

「便利、って……」

ポーカーならば、チェンジした手札を懐に忍ばせておくようなものだ。麻雀で言えば、自分の捨て牌から牌を回収するようなものである。

戻橋トウヤは死んだ。それが共通認識ならば、言うまでもなく、トウヤに対する警戒度は落ちる。というよりも、ゼロになる。何せ、「死んだ」のだから。そのように油断している相手を出し抜くことは容易い。

トウヤの異能が「嘘を見抜く」という方法で使えることも肝要だった。戻橋トウヤが生きている状態では、当然、「嘘を見抜かれているのではないか」と警戒する。だが、死んだとなれば話は別で、気兼ねなく嘘偽りを重ねることができる。

本当は生きているというのに。

「でも、僕もいつまでも死人のフリをしてるつもりはなかったし、いつ頃戻ろうかなー、と監察官さんと相談してた頃、今回の事件が起きた」

そんな感じ、と纏める。

後は栁辻未練本人に聞け、ということらしい。

「タマちゃんの知らないところで色々あったんだよ？　結構面白かったけどさ。あと、実は僕のことを忘れてるタマちゃんを見に行ったりした。忘れてるんだから当たり前なんだけど、本当に気付かれなくてちょっと凹んだよー」

「……何が、」

「え？」

「何が、ちょっと凹んだ、ですか、この朴念仁!!」

引《ひ》っ摑《つか》んだ枕で少年に殴り掛かる。

困惑するトウヤ。思い付く限りの罵倒を並べ立てる珠子。

「ちょっ、なんで、なんで殴るの！」

「当たり前でしょう!?　こっちがどれだけ心配したと思ってるんですか!?　なーにが、『結構面白かったけどさ』ですか！　これっぽっちも面白くありませんよ!!」

「タマちゃん、僕のこと忘れてたんだから心配はしてないんじゃ、」

「黙りなさい！　まったく、あなたという人は……！　私がっ、私が……どんな気持ちで……ッ!!」

怒りはすぐに安堵《あんど》へと変わり、その感情は涙となって零れ始めた。

生きていてくれて嬉しい。また会えて、本当に嬉しい。そう思い始めてしまうと落ち着くことなど到底できなかった。涙はとめどなく溢れ、想いは言葉にならず、思考は整理できず。

ごめん、とトウヤは謝り、珠子の頭を撫《な》ぜる。

「……ごめん。もうしないよ」

「……分かれば……。分かれば、いいんです……」

そうだ、生きているのなら、それでいいじゃないか。

それだけが望みだったのだから。

長く続いた珠子の白昼夢も、今日で終わり。最後には夢のような結末が待っていた。

――もしこれが夢ならば、もう少しだけ、覚めないで。

そう珠子は思いながら涙を拭い、トウヤと笑い合ったのだった。

エピローグ

その日、大阪第二法務合同庁舎のある関西の空は清々《すがすが》しい秋晴れだった。

けれども、雙ヶ岡珠子は知っている。

アバドンがファイルの隠蔽をやめたことを。秘匿されていた情報を、限定的に流すことにより、自分達にとって都合の良い混乱を起こそうとしているということを。そして、それにはあの『悪魔』——鳥辺野弦一郎が関与していることも。

それを思えば「気持ちの良い空だ」と呑気に言う気にはなれない。

もう二度と、『夢攫い』のような存在を生み出してはならない。これからはファイルの争奪戦ではなく、ファイルに記された子ども達を巡る事件が続くだろう。長い戦いになる。

「まーたタマちゃんは深刻そうな顔してるねー」

しかし隣に立つ戻橋トウヤは、あくまでもマイペースに言った。

「重い気持ちにもなりますよ……。これからのことを思えば」

「これからのことは、これからのこと、でしょ。最後は運否天賦になるとしても、勝つ確率を上げる為の工夫はできる。運任せに生きるのは、ギャンブラーじゃなくてサイコロ振りだ」

「……良く分かりませんが、自信が――あるいは、秘策があるんですか？」

「特にないよ」

あっけらかんと返し、「でもコインが落ちるまで結果が分からないことは知ってる」と続けた。

珠子も、知っていることがある。気付いたことがあるのだ。

この少年が隣にいるだけで、何かが変えられそうな気がしてくる。彼が何かを起こしてくれるだけではない。自分も、何かが出来そうに思えてくるのだ。その感覚をどう呼べばいいのかは分からないものの、悪い感情ではないだろう。

「さあ、じゃあ行こうか、タマちゃん」

「単独行動はほどほどにしてくださいね、戻橋さん」

そんな風に声を掛け合い、二人は新たな任務へと向かったのだった。

‡

空を、見上げる。

沈みゆく船の上から見た星々は、いっそ笑えるほどに美しい。一人の人生が終わるというのに、月は何も語ることもなく、静かに少年を見下ろしていた。孤独で、だからこそに静謐《せいひつ》なエンドロール。自らが決めた『終わり』。自分が決めた。それだけで、十二分に価値がある。

「こんなカッコいい終わり方なら、理想的だ」。心底に、そう思う。

向かうべき場所なんて分からなかった。最初から分かっていなかった。きっと元々、何処にも行けなかった。だから、ただ心のままに駆け続けた。賭け続けてきたのだ。そうすることが生きた証になると、そうしなければ生きていけないと、理解していたから。

ただの、有り触れた結末の一つ。

業の結果。

何も後悔はない。

「——本当に？」

と。

誰かの声が、聞こえた。

もう随分と傾いてしまった船上から海を見る。ノレムがいた。場違いに呑気な原動機の音を響かせながら、ゴムボートに腰を下ろしている。

「やあ、死神サン。都合良く救命艇が残ってたもんだね」

「いいえ。運が良かったわけではありません。沈むと知っている船に乗るなら、ボートくらいはトランクケースに詰めてきます」

「準備がいいことだ」

今更ながら気付く。彼女から渡されていたミネラルウォーターの意味に。

アレは、救命具だったのだろう。ペットボトルの中身を捨て、空気が入った状態で栓をすれば水に浮く。浮力が得られるのだ。海に投げ出されたとしても、腹部に抱えたり、枕のように頭の後ろに置いたりすれば、救助を待つ間に浮かぶ助けになる。水難事故の基礎知識だ。

ノレムは「彼に渡してくれてもいいし、渡してくれなくてもいい」と言った。未練に渡さず、手元に持ち続けていれば救命具として使える。渡したとしても、船が沈みつつある状況ならば、有効な使い方を教えてもらえるかもしれない。そう考えたのだろう。

「気遣いは有り難いけど、ペットボトルが一本あったところで上手く浮かんでいられる自信はないかな。泳げない人間は浮かぶだけでも結構大変なんだよ？」

「はい。あなたは運が良かった」

あるいは。

賭けに勝った、のだ。

既に『緑眼の怪物』を始めとする、敵と成り得る存在は倒した。船の人間達《シェオル》の中に恨みを持つ人間がいても、手出しはできない。あのディーラーの能力を使い、「勝負結果に拘わらず無事に船から下ろす」と約束しているのだから。

問題は救命艇に空きがないことだったが、それも解決された。

「助けてくれるの？　あなたの物語はここで終幕だー、って言ったのに？　嘘吐きで、ツンデレなんだね」

「いいえ。嘘は吐いていません。私がそう言ったのは、あなたが死にたがっているからです。『こんな綺麗な幕切れなら満足だ』……。そんな風に考えていたのではないですか？　それは死にたがっていることとどう違うんですか？」

あの時と同じく、少年は答えなかった。

嘘だとも、真実だとも、何も。

故に、ノレムは続けて問うのだ。

「あなたはそれで良いのかもしれませんが、残された人はどう思うでしょうか。誰か、一人でも『死なないで欲しい』と願ってくれているのなら、生きていても良いと思います」

「…………」

「それでも死を選ぶならば、私は止めません」

妖精の羽のように透き通った翠眼が、独特な光を宿した少年の瞳を見る。

静かに、静かに。何かを確かめるかのように。

結ばれた視線が感情さえも伝えてしまうような錯覚に陥る。互いに互いの心に触れるような、その業を読み解くかのような、そんな感覚。

「僕のこと、嫌いじゃなかったの？」

「はい。嫌いです。自分を想ってくれる相手がいると知りながら、自己満足で命を投げ捨てようとする辺りが、嫌いです。救いようがなく破滅的だと思います」

少年が問い。

少女が答えた。

その問答が如何なる心境の変化を生んだのか、少女には分からなかった。ひょっとしたら、当事者である少年ですら、分かっていないのかもしれない。否、少年だけの話ではない。自分自身こそ、最も分からないものだ。

心こそ、心迷わす、心なれ。

どんな心に従うのか——どのような『自分』を望み、願うのか。

「……そうだね。良い悪いで物事を考える生き方はしていないけれど、確かに女の子を泣かせちゃうのは、格好が悪いかもしれない」

自分ではない何者かに成ることを望んでいた怪物。

彼と交わした言葉を思い出しながら、少年は言うのだ。

「じゃあ、助けてくれる？」

「はい。あなたがそれを望むのならば」

戻橋トウヤは死神の船に乗り、生き続けることを選んだ。

美しい今日で終わらせるのではなく、まだ見ぬ明日で賭け続けると決めたのだ。

少なくとも、今は。

「すぐにフォウォレの迎えが来ます」

「……フォウォレから？　殺そうとしてきたりしないよね？」

「分かりません。恨みを持つ者もいるでしょうが」

「その時は助けてくれるの？」

「いいえ。それはあなたの業の結果なので、あなたがどうにかしてください」

「乗る船を間違えたかもしれないなあ……」

「でも、得意だし、好きでしょう。そういった命を賭けるような状況は」

まあね、と笑う少年に、「馬鹿は死なないと治りませんね」と少女は応じる。

分からないことばかりだが、分かることもある。自らの歪みも愚かしさも、死ななければ治らないのならば、抱えて生きるしかないということだ。欠けた人間は、何かを賭け続けて、生きていく。

そう、賭け《人生》が結末を迎えるまで、ずっと。

あとがき

はじめましての方ははじめまして、そうではない方はいつもお世話になっております。吹井賢《ふくいけん》です。

……はい。四巻です。三巻で終わりかと思われたでしょうか？

ああいう話なので、「あとがきはない方がいいかな」とあえて何も書かなかったのですが、そのお陰もあってか驚いてくださった方も多く、概ね満足です。皆さんのお陰で四巻を出すことができました。本当にありがとうございます。

実は、三巻のエピソードは一巻を執筆した当時に考えていたオチの一つなので、最終巻っぽいのは当たり前だったりします。続く巻、つまりこの四巻は、三巻の話のエピローグという側面もあります。同時に、次の展開へのプロローグですね。五巻以降があればですが。

さて、今回のサブタイトルは『真昼の夢』で、「夢」というキーワードが繰り返し、様々な形で使われました。「夢」という言葉は不思議ですよね。希望に満ちているようで、でも不確かで儚げで、夢が叶ったとしても幸福だとは限らない。

吹井賢からすれば、こうして本を四冊も出せたことこそ、まさに「夢のよう」ですね。できることならば夢を見せられるような作品を書きたいものです。

それでは、いつも通りに謝辞を。

イラストのカズキヨネ様、お忙しいでしょうに、いつもありがとうございます。三巻にはあとがきがなかったのでここでお伝えしますが、ノレムが本当に可愛くて、気に入っています。同じくご多忙にも拘らず、相変わらず全然原稿を早めに出さない吹井賢に付き合ってくださっている編集のAさんには感謝してもし切れません。頭が下がるばかりです。次回も遅れるかもしれませんが、どうか許してください。会う度に麻雀を打っている気がする旧友達も本当にありがとう。特に、吹井賢が作中で使うオリジナルゲームを思い付く度に、ゲームに穴や必勝法がないかを考えてくれるK、とても助かっています。また面白いボードゲーム教えてください。

この作品が、読者の皆様の一時の楽しみになれば、それが作者にとって最高の喜びです。それでは、吹井賢でした。

吹井　賢

＜初出＞
本書は書き下ろしです。

メディアワークス文庫

破滅《はめつ》の刑死者《けいししゃ》4
特務捜査《とくむそうさ》CIRO-S《サイロス》 真昼《まひる》の夢《ゆめ》

吹井《ふくい》 賢《けん》

2020年9月25日　初版発行

発行者　青柳昌行
発行　株式会社KADOKAWA
〒102-8177　東京都千代田区富士見2-13-3
0570-002-301（ナビダイヤル）
装丁者　渡辺宏一（有限会社ニイナナニイゴオ）
印刷　株式会社暁印刷
製本　株式会社ビルディング・ブックセンター

Printed in Japan
ISBN978-4-04-913373-8 C0193

メディアワークス文庫　https://mwbunko.com/

本書に対するご意見、ご感想をお寄せください。

あて先
〒102-8177　東京都千代田区富士見2-13-3
メディアワークス文庫編集部
「吹井 賢先生」係